儿童与战争

童年回忆和西班牙内战研究

CHILDREN AND THE WAR

翁妙玮 / 著

中国社会科学出版社

图书在版编目(CIP)数据

儿童与战争:童年回忆和西班牙内战研究/翁妙玮著. —北京:中国社会科学出版社,2020.12
ISBN 978-7-5203-6917-6

Ⅰ.①儿… Ⅱ.①翁… Ⅲ.①文学研究—西班牙 Ⅳ.①I551.06

中国版本图书馆 CIP 数据核字(2020)第 143835 号

出 版 人	赵剑英
责任编辑	杨 康
责任校对	郝阳洋
责任印制	戴 宽

出 版	中国社会科学出版社
社 址	北京鼓楼西大街甲 158 号
邮 编	100720
网 址	http://www.csspw.cn
发 行 部	010-84083685
门 市 部	010-84029450
经 销	新华书店及其他书店
印 刷	北京明恒达印务有限公司
装 订	廊坊市广阳区广增装订厂
版 次	2020 年 12 月第 1 版
印 次	2020 年 12 月第 1 次印刷
开 本	710×1000 1/16
印 张	12.25
插 页	2
字 数	143 千字
定 价	69.00 元

凡购买中国社会科学出版社图书,如有质量问题请与本社营销中心联系调换
电话:010-84083683
版权所有 侵权必究

目 录

第一章　作为当代西班牙历史文化现象的"佛朗哥儿童"……（1）

第二章　民主过渡时期的探索
　　　——阿德莱达·加西亚·莫拉莱斯的小说《南方》
　　　（1981）和维克托·埃里塞的同名影片《南方》
　　　（1983）………………………………………（20）

第三章　20世纪末的批判性怀旧
　　　——安德烈斯·索佩尼亚·蒙萨尔韦的回忆
　　　《鲜花环绕的花园》（1994）………………（51）

第四章　21世纪初围绕"历史回忆法案"的争端
　　　——埃丝特·杜斯歌的《我们当年是战胜者》
　　　（2007）…………………………………………（86）

第五章　走向世界的西班牙
　　——路易斯·马特奥·迭斯的《属于
　　儿童的光荣》(2007) ………………………（125）

结论 ……………………………………………（158）

参考文献 ………………………………………（167）

第一章

作为当代西班牙历史文化现象的"佛朗哥儿童"

"20世纪的西班牙中生代们回首往事心平气和、无怨无悔。西班牙社会欠他们的远远比我们想象的要多得多。"①

——桑托斯·胡里亚（Santos Juliá）

19世纪初以来，西班牙政治的指针不断地在改革派和保守派之间左右摇摆，占有大量土地和财富的特权阶层和有强烈改革诉求的新兴资产阶级之间的矛盾越来越尖锐。不幸的是，19世纪的西班牙工业发展缓慢而微弱，以致现代资本主义的建立以农业为主导，从而造成了工业革命和重大社会革命在19世纪西班牙的缺失。换句话说，现代化初期的西班牙缺乏足够的革命性来包容和吸纳新兴的社会力量；而一个带有强烈旧体制色彩的僵化社会也缺乏足够的灵活性来调整并应对重大的社会变革。20世纪以来，农民食不果腹，工人长期失业，社会动荡不安，特权阶层长期把

---

① 书中所有引文均为作者翻译。

持社会资源，改革派政府羸弱无能，以致社会矛盾不断积累并最终于1936年全面爆发。

1936年7月17至18日，一群右翼军官在当时的西班牙属地摩洛哥悍然发动军事政变，旨在推翻民选的第二共和国政府，恢复封建传统的西班牙帝国。政变初期，无论是暴动的国民军还是合法执政的共和国政府都认为这次军事行动将会速战速决，但是，随着西班牙本土战线的拉长和斗争的僵持，这个国家无可挽回地陷入了一场旷日持久的拉锯战。战争伊始，德国、意大利加入了国民军，为其提供枪炮弹药和新式武器；英国、法国官方颁布相关条例，不介入西班牙内战；数个星期后，苏联站在了西班牙共和国派一方，为其提供武器和补给，同时，共产国际从包括中美在内的13个国家召集了数万志愿者组成国际反法西斯纵队加入西班牙内战。由此，这场手足相残的内战①带上了强烈的国际色彩，成为第二次世界大战的前奏。内战开始后短短的两三个月内，长期驻守摩洛哥的弗朗西斯科·佛朗哥将军攫取了叛军的领导权，被国民军的高级军官们推举为"大将军"和"国家首脑"。这场西班牙内战持续了近3年，夺走了50万人的生命，无数家庭分裂、大量儿童流离失所，给这个民族留下了长久的创伤。

这场战争对西班牙20世纪和21世纪的历史有着至关重要的影响。换句话说，西班牙近百年历史上发生的重大历史事件都可以在这场悲剧性的民族冲突中找到根源。1939年内战结束后，西班牙进入了漫长的弗朗西斯科·佛朗哥反共排犹的极右独裁统治

---

① 本书中的"内战"，如无特殊说明，一律指的是"西班牙内战（1936—1939）"。明确出现"西班牙内战"的情况通常是为了与其他国家或者跨国战争相区别。"战后"，如无特殊说明，也指的是"西班牙内战后"。

第一章　作为当代西班牙历史文化现象的"佛朗哥儿童"

时期，直到 1975 年佛朗哥去世。

西班牙 20 世纪的中生代们在内战和战后初期的佛朗哥主义统治下度过了童年，但直到 20 世纪 70 年代中后期，他们才能够以文字和影像的形式来回忆童年，或者更确切地说，来重构他们的童年。这些掺杂着个人回忆、历史资料和艺术虚构的作品将个人命运与国家民族的历史紧紧地联系在一起，通过对往事的重新阐释和表述来与过去和解、建构身份认同，同时推动当下的历史进程。这一集体性努力从 20 世纪 70 年代至今，其间经历了数次历史关键时期的波澜起伏。这些重要的历史关头包括：（1）1975 年至 20 世纪 80 年代前期的西班牙民主化过渡时期，人民群众与政府达成了非正式共识——社会安定发展是最重要而迫切的任务，人们不再重提内战和战后的压制，以避免社会再度陷入混乱和冲突；（2）20 世纪 90 年代在国内外各种势力的推动下，历史回忆的蓬勃兴起以及 20 世纪末普遍泛起的虚幻而美化的历史怀旧情绪；（3）2007 年的"历史回忆法案"将关于历史的是非讨论推向高潮，各种政治和意识形态派别纷纷公开表态争夺阐述历史的话语权；（4）21 世纪近十年以来，是非争执过后，各种超越意识形态纷争的修复民族分裂社会创伤的尝试提上日程。中生代中有影响力的知识分子通过他们的笔杆子充分地参与了政治和历史进程，在历史的关键时期起到了唤醒民众、推动历史的作用。

我将中生代的这群知识分子定义为"佛朗哥儿童"，在童年研究和历史回忆研究的二元框架下，通过分析他们在关键历史时期的代表性作品来勾勒出他们的集体图像，同时也通过对他们的研究来呈现 20 世纪后半叶西班牙的历史和文化走向。"佛朗哥儿童"有双重含义：一是指作品中的主人公，他们都是儿童，经历了内战和战后的佛朗哥主义；二是指作品的创作者，他们和作品中的主人公一样，童年时期经历过内战的炮火和战后的压抑，成年之后选择在适当的时机在公众面前呈现他们重构的童年。

  佛朗哥时期的儿童和童年作为重要主题反复不断地出现在20世纪和21世纪的文艺作品以及社会现实中，成为人们争论的焦点①。从20世纪70年代末开始，西班牙的作家和导演不断地再现和演绎着这个主题，塑造了包括安娜在内的许多著名的佛朗哥儿童形象②。2007年，儿童再度成为西班牙历史上关键而无法回避的焦点：西班牙中央军事法庭的大法官巴尔塔萨·加尔松（Baltasar Garzón）起诉佛朗哥政府绑架本国儿童，这一重大社会事件再一次将儿童推上舆论的风口浪尖，同时也曝光了西班牙独裁政府长期以来隐瞒世人的耸人听闻的罪行。2018年首映的且在国际国内市场广受好评的影片《他人的沉默》（El silencio de otros）继续揭露这一罪行，在全世界面前控诉佛朗哥政府的惨无人道，以及后佛朗哥时期历届民主政府的不作为。此外，2011年西班牙著名导演卡洛斯·

---

  ① 其中最著名的电视系列剧之一是2001年西班牙电视1台播放的《告诉我往事吧》（*Cuéntame cómo pasó*），这部电视系列剧从一个儿童的视角讲述了一个中产阶级家庭在20世纪70年代的生活故事。
  网络成为西班牙人回忆并且讲述佛朗哥时期童年经历的最重要渠道之一。他们借助网络寻找失踪的亲人，召集大规模的集会。Facebook 在寻亲和召集集会上起了重要的作用。参见以下两个具有影响力的 Facebook 网页，< http://www.facebook.com/events/395828383791644/permalink/395831557124660/ > 和 < http://www.facebook.com/pages/PLATAFORMAAFECTA-DOS-CLINICAS-DE-TODA-ESPA%C3%91A-CAUSA-NI%C3%91OS-ROBADOS/173164369461093 >。
  西班牙安达卢西亚的图书馆也举办过相关的展览，如2011年1月1日至29日的 "1940—1975年间的学校展"。类似的展览在马拉加（Málaga，2007年10月19日至11月20日）、萨拉曼卡（Salamanca，2010年3月30日至5月16日）、莱昂（León，2010年2月23日至3月14日）都举办过。
  ② 其中最著名的例子是维克托·埃里塞（Víctor Erice）1973年的《蜂巢幽灵》（*El espíritu de la colmena*），卡洛斯·萨乌拉（Carlos Saura）1976年的《乌鸦反哺》（*Cría cuervos*），这两部作品中的儿童主人公都叫安娜（Ana），从某种程度上说，安娜是银幕上 "佛朗哥儿童" 的典型形象。

第一章 作为当代西班牙历史文化现象的"佛朗哥儿童"

伊格雷西亚斯（Carlos Iglesias）的影片《西班牙人》（*Ispansi*，俄语，意思是西班牙人）将"俄罗斯的西班牙儿童"这个群体带入公众视野，同时也引起了大众对于流亡中的佛朗哥儿童的广泛讨论和关注①。佛朗哥儿童在当代西班牙是一个值得关注的问题，这个问题可以从以下几个角度进行深入探讨：第一，西班牙内战和随后的佛朗哥主义以何种方式影响了儿童和他们的成长；第二，佛朗哥儿童在后佛朗哥时代讲述的是怎样的童年故事；第三，这些故事的讲述者何时并且采用何种方式通过回忆建构自我的身份认同并且对未来提出诉求。我提出当代西班牙的"佛朗哥儿童"这个新概念，勾勒并且解析这个群体性画像正是试图对以上问题提供我的观察视角和答案。

我所定义的"佛朗哥儿童"这个概念并不囊括从1936年内战开始至1975年佛朗哥去世近40年内成长的所有儿童，而只包括那些从1936年年底至50年代初度过童年的西班牙人。这段时期通常称为佛朗哥主义早期，其典型特征是严酷的各方面钳制以及大规模的政治暴力。这段时期区别于佛朗哥主义晚期，也就是20世纪60年代至70年代的前期，随着佛朗哥的老去以及健康每况愈下，人们已经开始预计到统治者的死亡并为此做各种心理和政治准备。我挑选佛朗哥主义早期作为研究的对象，主要目的是关注战争和战后最严酷的时期给儿童造成的影响，以及幼时的创伤记忆如何影响了这个群体的当下。社会学家尼古拉斯·罗斯

---

① "俄罗斯的西班牙儿童"指的是1937年至1938年为逃离战火被送到苏联的3000名西班牙儿童；见郭乌多（Couto）的文献参考更多细节。类似地，在墨西哥有"莫雷利亚（Morelia）儿童"，见影片《莫雷利亚儿童》。此外，还有"流亡的巴斯克儿童"，见弗斯（Fyrth）《四千个巴斯克儿童》（*Four Thousand Basque Children*），以及霍金斯（Hawkins）《巴斯克儿童》（*The Basque Children*）。

（Nikolas Rose）认为："童年是人类一生中受外界影响和控制最密集的时期……儿童的健康、幸福和儿童教育以不同的方式、在不同的时期、通过不同的路径和国家民族的命运紧密相连。"（Rose，1999：121）在这个意义上，儿童成为不同的权力——无论是家庭权力还是国家权力——争夺的重心，而童年则成为不同势力介入角力的战场。在战后压抑的政治氛围下，西班牙人学会了沉默。即便是在家中，父母为了避免不必要的危险也不会向孩子们提及国家历史和政治。因此，佛朗哥政府通过教会控制并完全垄断了儿童教育的权力，希望将儿童培养成战后"新生国家"的合格公民。于是，重新建构童年也就是对佛朗哥主义控制儿童和儿童教育的方式以及内容进行反思，或者进一步说，对佛朗哥主义本身进行反思和再评价。

佛朗哥儿童对于过去的回忆以及反思带有强烈的政治色彩。在研究战争和创伤性历史回忆时，学者们通常会借助心理分析的视角，包括研究西班牙电影的学者玛莎·金德（Marsha Kinder）。金德分析了那些出生并成长在1939—1975年的西班牙导演，关注他们对于民族过往挥之不去的情结，并认为这些导演的作品普遍都带有弑父内涵，而所有这些影片中的父亲形象都代表佛朗哥将军（Kinder，1983：58）[①]。我赞同金德的观察，认为许多经历了内战和独裁的西班牙导演们都在一遍又一遍地回忆并阐释过去，但是我认为我的研究对象——佛朗哥儿童——反思过去的方式要远比弑父或者弑母冲动复杂得多。而且我认为佛朗哥儿童选择何时以何种方

---

① 金德指出："这一代的导演总是不断将自我以及影片定位为反佛朗哥的立场，无论是在独裁者生前还是死后……因为上一代的强烈压制，他们总是执着于过往，永远不可能承担起改变未来的责任。"（第58页）

式重构往事是一种成熟的政治选择和表态,这一点从叙述者平静的口吻以及有意识地与作品拉开距离的做法上可以清晰地看到。当然,我所定义并谈论的佛朗哥儿童都带有知识分子的身份以及这个身份所赋予他们的历史使命感。换句话说,在研究第二次世界大战犹太大屠杀的历史回忆时常用的创伤理论不足以也不适合解释西班牙内战的历史回忆。回忆或者不回忆历史,选择什么时候回忆,以什么样的方式回忆,我认为是佛朗哥儿童的政治选择。因此,分析佛朗哥儿童在当代西班牙各个关键的历史和政治时期使用的不同的叙述策略和政治技巧,审视他们如何与当下关于西班牙历史的各种国际国内争端进行对话和互动,就能够有效地在一个国际的大背景下呈现出西班牙社会20世纪后半叶以来的文化历史状况。

在深入分析西班牙历史回忆之前,我认为有必要关注重要的代际问题。关于西班牙内战第一代——也就是战争亲历者——的历史回忆以及第三代的间接"后回忆"(postmemory),许多学者有过详尽的分析。不过,"第二代"却很少有人关注。2009年,西班牙当代研究著名学者乔·拉万尼(Jo Labanyi)公开"紧急"呼吁大众"关注第二代",认为他们"基本上没有受到任何关注,而且关于他们的记录也乏善可陈"(Labanyi,2009:25)。拉万尼所指的"第二代"是那些直接参战的士兵们的下一代。这个群体在年幼时经历过战争和战后的高压时期,但是作为儿童他们没有足够的能力理解周围发生的一切。这个概念和研究第二次世界大战中犹太人大屠杀的学者苏珊·苏莱曼(Susan Suleiman)提出的"1.5代"有重合之处。苏莱曼提出"1.5代"这个概念用来指"第二次世界大战犹太大屠杀中幸存下来的儿童","他们太年幼,不能像成人一样理解周遭发生的一切,但是他们又足够大,纳粹迫害犹太人时他们在场"（Suleiman，2006：179）。这段描述中儿童的"在场"也可以用来描述佛朗哥儿童的状态，但是如果要把这个概念生硬地从它产生的背景中剥离出来直接用在西班牙就会产生问题，因为西班牙内战的背景和苏莱曼阐述的第二次世界大战犹太大屠杀有诸多不同。苏莱曼的"1.5代"指的是经历过第二次世界大战犹太大屠杀的儿童，但是我所提出的"佛朗哥儿童"不仅包括经历过西班牙内战的儿童，还包括那些出生在20世纪四五十年代早期并经历过佛朗哥统治初期的儿童。因为，佛朗哥政府的迫害和高压，也就是官方宣传所声称的"圣战"，并没有在1939年4月1日内战结束的日子终止；相反，20世纪四五十年代的压制更残酷，也更体制化。

代际问题体现在两方面，一方面是有两至三代的西班牙人经历了佛朗哥长达40年的统治，另一方面是佛朗哥儿童有着许多共同或类似的特征。在幼年时期，他们缺乏成人般的理解能力，无法理解恐怖的空袭和巨大的家庭变故背后的原因。因此，当成年的叙述者讲述他们的童年经历的时候，这些叙述总是不可避免地带有解释历史的使命。西班牙作家安娜·玛丽亚·莫伊克斯（Ana María Moix）是这么描述她的作家朋友埃丝特·杜斯歌（Esther Tusquets）的，她说，"埃丝特是一个普鲁斯特似的作家，回忆是她了解、认识过去的武器"（Geli，2012）。和杜斯歌一样，所有的佛朗哥儿童都在努力追溯他们不幸福的童年经历的根源，并以此试图与过去达成某种程度上的和解。本书分析的所有作品都带有这个显著的特征。作品的叙述者都试图从各个不同的方面以及不同的角度回忆并阐释他们压抑的童年往事，无论是小学教育、彻底的家庭变故、政治和意识形态的混乱，还是失去至亲的种种经历。这些以艺术作品的形式呈现出来的经历有助于我们了解佛朗哥统治下西班牙的方方面面；同时，这些童年回忆又超越了纯粹的个人回忆或者道德谴责的范畴，给我们展示了当时的社会和历史状况，以及这些社会和历史状况是如何影响并且塑造了这一代人的童年及其一生。

本书的研究对象不仅包括内战中战败的共和国派家庭的故事，还包括了战胜方的童年回忆。这么做的目的并非要将西班牙内战中的童年回忆去政治化，也并非要拥护"所有儿童不分家庭出身不分阶级阶层都是一样的战争受害者"的历史调和论。我的目的在于创造一个开放的对话空间，能够将不同的人对于战后西班牙社会的不同反思放在一起，哪怕这些人属于不同的政治光谱、持有相左的政治观点。在一本题为《战争后代》（Hijos de la guerra）的合集中，学者豪尔赫·马丁内斯·雷韦特（Jorge Martínez Reverte）和索科罗·托马斯（Socorro Thomás）将童年经历过内战的左右两派的回忆合并在一起。他们的观点是"无论他们的父母来自或者从属于哪个政治派别，儿童在战争中遭到的打击和受到的创伤都是毁灭性的，尽管某一派别家庭的孩子可能遭受更多的流离失所和社会排斥。但是无论在哪方家庭成长的孩子，恐惧和噩梦都长期伴随着他们所有人"（Reverte & Thomás, 2001：13）。雷韦特和托马斯认为两个相对立的政治阵营的儿童都以同样的方式、在类似的程度上遭受了战争和战后的压制所带来的不幸。我不同意这种观点。我认为这种共同遭遇论实际上是将历史去政治化，并且是开脱政治责任的行为和说法。因此，虽然和《战争后代》一样，本书涉及的作品主人公也囊括了佛朗哥阵营和反佛朗哥阵营长大的儿童，但是所有作品对国家历史都带有深刻的反思意味。

这些作品中表现出来的反对极端主义的共同特征呼应了20世纪以来佛朗哥儿童努力创造出的政治氛围。2019年4月在纪念西班牙内战结束80周年之际，耄耋之年的西班牙历史学家桑托斯·胡里亚回忆了在内战和战后初期度过童年的一群人，也就是我定义的"佛朗哥儿童"。胡里亚回忆，在20世纪50年代中后期，来自佛朗哥阵营的孩子们和来自反佛朗哥家庭的孩子们走到了一起、肩并肩战斗，由此拉开了佛朗哥统治晚期的反独裁和反压制运动："那些年，一场内战导致了巨大的社会鸿沟，但是，就像50年代中后期有些秘密宣传材料认为的那样，'战胜者家庭的孩子和战败者的孩子们'站到了一起，创造出一个新兴的政治主体。没有他们的话，我们今天的历史就要改写。"（Juliá，2019）佛朗哥儿童通过1956年和1957年的学生政治运动反对佛朗哥派对于内战的官方纪念和宣传方式。而20世纪50年代末的学生运动则开启了最初的公开反佛朗哥的政治浪潮，这些无畏的行为让佛朗哥儿童作为政治先锋永远载入了西班牙的史册，而半个多世纪之后重提他们当年的勇敢则是要提醒人们记住这个群体不可磨灭的历史贡献。

我们重提并认可佛朗哥儿童在反独裁、反法西斯压制方面有过重大的历史推动作用，但是我们也不否认，并非所有在内战以及佛朗哥统治初期长大的西班牙儿童都参与了推翻法西斯独裁政府的行为。实际上，我所定义的这群佛朗哥儿童仅仅占他们这一代人的很少一部分[①]。这个很小的群体在20世纪50年代开启了一个新的政治篇章，打破了不同的宗教和政治意识形态的壁垒，创造了一个"天主教徒和共产主义者对话，基督徒和马克思主义者坐在了一起"（Juliá，2019）的和谐空间。这个特殊的政治历史一幕呼应了女性

---

① 根据何塞·玛丽亚·马拉瓦利（José María Maravall）的说法，"学生政治或者说学生运动的参与者不超过200人"（Maravall，1978：161）。

第一章 作为当代西班牙历史文化现象的"佛朗哥儿童"

主义律师邦尼·霍尼格（Bonnie Honig）对于民主的定义。她认为民主"不是与类似我们的人们一起生活"，而是"与那些甚至有可能杀了我们的敌人一起共同工作和生活"（Honig，2001：117-118）。在今天的民主化的西班牙，社会分裂和排外依然大规模存在，在经济危机和新冠病毒带来的威胁下，无论是在社会生活还是在媒体中，排斥行为和言论都甚嚣尘上。在这个时候重提并且纪念20世纪50年代发出"社会和谐共存"第一声呐喊的佛朗哥儿童有着明确的历史和现实意义[①]。他们不仅在20世纪中叶成为先锋者，近60年来，他们依旧继续当年未竟的使命，影响着当代西班牙并推动社会历史进程。这一次，他们回首往事，通过回忆重新建构佛朗哥时代的童年，并以此试图追溯他们幼年的不幸以及后来抵制佛朗哥主义的根源。

除了从历史回忆的角度，近年来新兴的童年研究也为研究佛朗哥儿童提供了有效的理论框架。近20年以来，童年研究在社会科学以及人文研究领域占据了一个越来越重要的地位。学者埃里森·詹姆斯（Allison James）、克里斯·詹克斯（Chris Jenks）和阿兰·普劳特（Alan Prout）在1998年有一个著名的相关论述："从前，童年只是父母——或者仅仅是母亲——的谈资，是教育者的工作对象，是发展心理学的唯一理论研究目标。而现在，童年研究以一种前所未有的速度和广度迅速普及化、政治化，在一系列相关的领域被分析、审视，也因此，传统的对于童年和儿童社会地位的定位和描述正在受到极大的挑战，我们一直以来对于这个领域的自信将要荡然无存了。"（James, Jenks & Prout, 1998：3）童年研究领域近

[①] 这一点可以从西班牙恢复历史记忆协会（ARMH）的活跃程度中看出来。

年兴起并呈蓬勃之势，但这并不意味着它从前从来没有受到过任何学者和研究的关注。实际上，研究童年的历史学家菲利普·阿里耶斯（Philippe Ariès）1962年的奠基之作《童年的数个世纪》（*Centuries of Childhood*）标志着童年研究的一个转折点，阿里耶斯将童年看作一种社会和文化话语建构。除了将童年研究确立为一个学术研究领域之外，他的研究新颖之处还在于他为童年研究指出了一条跨学科的发展道路，囊括了心理学、社会学、文学、哲学、法律和政治学在内的许多人文社会科学①。我关于佛朗哥儿童的研究建立在童年的建构论基础上，并且将政治视角加入文学和影视研究中，试图从跨学科的视角为这个五彩纷呈的研究领域添砖加瓦。

阿里耶斯的童年建构论已经成为童年研究的最基本前提和起点（James and Prout, 2008: 1-7; Kehily, 2009: 1-17; Jean and Richard Mills, 2000: 3-8），所有后来的研究方法和模式都从这个基本点出发。在阿里耶斯看来，童年的概念是一点点沿革变化的：它始于16世纪和17世纪的上流阶层家庭，发展于18世纪，最后在20世纪才进入中下层家庭。他的中心论点是童年是一个历史和文化概念，关于童年概念的建构和论述随着时间和空间以及文化的不同而有所不同。有意思的是，阿里耶斯关于童年的论述和莫里斯·阿尔布瓦克斯（Maurice Halbwachs）关于历史回忆的论述有不谋而合之处。阿尔布瓦克斯将回忆看作是重构历史，而这种建构也随着社

---

① 1991年，在纽约城市大学的布鲁克林学院建立了儿童研究专业和儿童研究中心；1992年英国诺桑布利亚大学开始授予童年研究的学位；2001年加拿大约克大学也建立了一个儿童研究专业；2007年，罗格斯大学开始颁布童年研究专业的博士学位，这是美国第一个相关专业的博士学位。

会和历史的变化而不断变化（Halbwachs，1991：40）。关于童年和回忆的建构论给我们提供了相对全面且灵活的视角，并且要求我们从宏观的视角来观察研究对象随着历史和社会变迁的不断演化。任何研究对象都不是孤立存在的，必然与其产生的社会历史相关联，甚至与国际背景息息相关。

佛朗哥儿童经历了不同的历史时期，从内战到战后再到民主化时代。借助阿里耶斯的视角，我们关注佛朗哥儿童的童年成长背景，也就是20世纪西班牙历史上不幸的自相残杀的争斗和战后佛朗哥独裁统治的篇章；而阿尔布瓦克斯关于历史回忆的理论提醒我们将过去和当下联系在一起。阿尔布瓦克斯认为，回忆是一个重新建构过去的过程，而这个过程深受当下的影响："即使是在重现过去的时候，我们的回忆也依然深受当下社会氛围状况的影响。"（Halbwachs，1991：49）我们对于佛朗哥儿童的研究，不仅是为了审视过去——也就是作品中讲述的严酷年代——也是为了观照当下，即作者和导演创作作品的时代。在我看来，童年研究因此成为连接过去和现在的纽带。在西班牙，过去对于当下意义重大，不仅在理论上，在实践中亦然。因为关于历史回忆的进程现在仍然在进行中，2018年和2019年，在公共媒体以及政治层面争论不休的佛朗哥坟墓是否以及何时从烈士谷迁出就是例证之一。受害者的痛苦仍然没有在公共空间内得到承认，更不用提补偿。对于过去的回忆总是受当下影响，由当下的欲望所驱使。而这一点在研究童年回忆的时候尤为明显，因为儿童缺乏对世界的理解，他们对童年的回忆更多的是基于成年后的理解和想象。因此他们建构的童年世界表现出当下的种种想法和意图。

审视过去，我主要分析佛朗哥政府如何利用儿童形象服务于政府的宣传目的，如何教育儿童成为新政权下"合格"的新一代以及这些是如何影响儿童的；关注当下的重点在于分析佛朗哥儿童如何在当代西班牙重新建构他们压抑的童年。总的来说，我希望能够参与当下关于"童年政治化"的讨论（Leira and Saraceno，2008：1）。"童年政治化"是学者安澜·雷拉（Arnlaug Leira）和基娅拉·萨拉切诺（Chiara Saraceno）于2008年提出的。雷拉和萨拉切诺从社会学的角度来定义"童年政治化"，探索"童年是如何超越了家庭的范畴，成为公共关注的焦点及国内外各种势力不断介入并施加影响的对象"（Leira and Saraceno，2008：1）。他们认为，"童年和儿童正在日益成为公共争论的主题，正在进入政治议题……我们正经历的特殊时代使儿童问题明确进入了公共和政治话语领域"（Leira and Saraceno，2008：2）。的确，正如这两位社会学家认为的那样，儿童正在成为政治话题和政治实践的焦点。

雷拉和萨拉切诺关于童年政治化的论述也给关于佛朗哥儿童的分析提供了有效的支点。佛朗哥儿童，作为未来的一代，是佛朗哥政府关注的焦点。他们中的一些人在童年时经历了战争的创伤和颠沛流离，但是佛朗哥政府在教会的协助下，公然将他们的不幸隐藏在了胜利者的公共话语后，借此忽略他们的痛苦。而另外一些儿童，他们出生在战后初期，直接被迫接受了佛朗哥政府的"民族主义—天主教"教育。我分析的许多佛朗哥儿童都在作品里被描述为拥有典型政治化的童年。小说和影片《南方》中年幼的主角生活在共和国派父亲所谓"不道德"的阴影之下；《鲜花环绕的花园》中的儿童们被迫接受宗教和民族主义教条；《我们当年是战胜者》的作者埃丝特·杜斯歌写幼年时她和同龄人面对的是佛朗哥政府的宣传和普通人悲惨的社会现实之间的巨大差距；路易斯·马特奥·迭斯的《属于儿童的光荣》里描述了一个失去至亲的八岁孤儿。显然，独裁时期的特殊社会和教育状况塑造了这些作品中年幼主人公的童年。佛朗哥主义不仅在佛朗哥儿童的过去留下了深刻的烙印，也极大地影响了他们的当下。然而，他们没有被动地忍受环境的摆布以及过往的环境对于他们终其一生的影响；相反，他们积极地在公共领域发声，努力改变他们所生活的环境。

　　浪漫主义以来的传统观点认为儿童是"被动的客体"，但是就像詹姆斯和普劳特 2008 年提出的那样，在"新兴的尚未完善的童年研究"中，儿童的积极主动性和主体性开始成为学界关注的中心（James & Prout，2008：1-7）。夏洛特·哈德曼（Charlotte Hardman）在 20 世纪 70 年代初就曾经将童年研究和性别研究相提并论，她提出："儿童和妇女都可以被称为'无声的群体'，或者说被忽视或者忽略了的群体。"（Hardman，1973：85）半个世纪以后，大部分女性在社会中找到了自己的声音，而儿童的声音我认为仍然需要更多的关注。也因此，我的研究希望能够强调佛朗哥儿童的话语，虽然他们并不在其生命的年幼时期创作这些作品，但是这些成年的叙述者的确将他们的童年经历带入了其所讲述的故事中。这是一个在成年之后仍然不断重访童年的群体，他们将许多无法释怀的往事通过艺术作品的形式展现出来并获得解脱，由此，也与过往的人和事在某种程度上达成了和解。也因此，他们不断地描述着内战和战后的佛朗哥主义对年幼的他们造成的种种负面影响。

他们在重新建构童年经历的同时，不仅批判佛朗哥统治下的法西斯主义，也试图重写这个国家的历史。根据何塞·皮克尔·伊·霍韦尔（José Piquer y Jover）的数据，在 20 世纪 40 年代初期，在西班牙的巴塞罗那有 72% 的儿童不认可他们共和国派的父辈，认为他们父辈的生活和经历就像官方宣传的那样"不符合道德范畴"（José Piquer y Jover，1946：76）。这些儿童的表态可能出于内心的恐惧，也可能因为他们不自觉地内化了佛朗哥派的政治宣传。无论背后的原因如何，他们的表态被载入历史。而大半个世纪之后的 21 世纪初，西班牙历史学家安赫拉·塞纳罗（Ángela Cenarro）采访了战后曾经生活在官方儿童收容所的西班牙人。根据她采集到的数据，她得出如下结论："这些当年被儿童收容所收纳的人们表示他们在幼年时期曾经试图要建构一种新的身份认同，一种和佛朗哥政府所强加给他们的意识形态所相异的身份认同。"（Cenarro，2008：53）他们的口述史还显示，儿童，尤其是共和国派家庭出生的儿童，"对家庭的政治倾向有强烈的认同感，哪怕这种认同感当年是不被允许也不能公开的"（Cenarro，2008：54）。霍韦尔和塞纳罗显然得出了两种截然相反的结论。断定这些童年经历过佛朗哥主义的受访者在 21 世纪撒谎应该是不公平的说法，但是，不加分析地完全接受他们的陈述也同样是一种幼稚的行为。显然，受访者在年近耄耋时对往事的陈述更多的是基于当下而对历史给出的一种诠释。一方面，塞纳罗 21 世纪记录下当年的西班牙儿童对于他们共和国派父母的认同；另一方面，霍韦尔在 20 世纪 40 年代收集的数据显示出儿童对于共和国派父母的不认同，这两种说法正好相悖。而这种差异我认为无疑证明了佛朗哥儿童在当下希望重写历史的愿望，因为曾经的历史是战胜方强加给年幼的他们的。

第一章　作为当代西班牙历史文化现象的"佛朗哥儿童"

在我关于西班牙历史重构的研究中，社会历史背景是一个关键因素。本书涉及的作品出版于当代西班牙最关键的四个历史时期：（1）1975年至20世纪80年代初西班牙向民主化的过渡时期，这一时期大部分西班牙民众认可了所谓的"沉默契约"（Pacto de silencio），不再重提过往；（2）20世纪90年代的中后期，这一时期的重要特征是在20世纪末全球怀旧情绪泛起的波及下，西班牙对佛朗哥时期的怀旧情绪公开泛滥；（3）西班牙"历史回忆法案"2007年10月31日通过的前后，这一法案第一次公开谴责了佛朗哥独裁并且认可了双方阵营的受害者；（4）近十几年来，历史话语争夺战之后，西班牙社会各方试图对国家民族分裂以及由此造成的伤痕进行弥补。2000年，学者让·拉蒙·雷西纳（Joan Ramon Resina）在讨论过渡时期的历史回忆时提出："当前的政治实际上是关于哪部分历史可以被公开，哪部分必须被人们暂时遗忘的问题"（Resina，2000：86）这一论断直指西班牙历史回忆中话语权争夺的核心。加拿大政治学家内吉斯·卡内弗（Nergis Canefe）提出过一个"时间政治"（chronopolitics）的概念，这个概念有助于将雷西纳的论断推向深入。与通过地理因素来研究政治不同，卡内弗除了关注"哪一部分历史在什么时间能够浮出水面"，还重视其背后的决定性要素：包括国际国内的各种相互关联的"重大决定、协商以及斗争"（Canefe，2004：81）。换句话说，当时的社会和政治背景决定了哪部分历史能够进入公众视野。就像日本史学家在讨论慰安妇问题时提出的那样，"每个国家都有自己的历史回忆的'时间政治'，国际和国内政治的变化直接影响了国内历史回忆的政治进程"（Canefe，2004：61）。也就是说，除了历史回忆的内容，我还关注回忆的发展进程，或者更确切地说，是和内战有关的童年回忆的历史发展进程。

本书在时间政治的视角下，对与历史有关的童年回忆进行研究。21世纪佛朗哥时代童年故事的涌现从时间政治的角度来说是正逢其时的。当关于佛朗哥时期意识形态斗争的作品在市场上达到饱和时①，佛朗哥独裁时期被长期忽略的一些群体就慢慢浮出水面了。比方说，2007年举行的马德里历史回忆论坛（Foro por la memoria de la comunidad de Madrid）的主题是"独裁的其他受害者"（las "otras" víctimas de la dictadura），其中第一个讨论题目就是关于"佛朗哥主义压制下的童年"（La infancia bajo la represión franquista）。

本书四个单独的文本分析章节分别对应着这四个关键政治历史时期，揭示出当代西班牙文学和影视中压抑的童年回忆的"时间政治"沿革。正如阿尔布瓦克斯所认为的那样，"每个个体都是在一定的社会框架下回忆过往的"（Halbwachs, 1991：40）。在关于《南方》的讨论中，我们强调了作者以及导演所运用的间接的隐喻性的方式，这种方式适应了20世纪80年代初的社会政治氛围，当时的政府、媒体和大部分的西班牙人都默认西班牙需要经济发展而暂时不要提起这段充满争议的往事。安德烈斯·索佩尼亚在20世纪90年代中期以诙谐的反讽方式质疑佛朗哥时期的小学教材，而20世纪90年代的西班牙在怀旧热的影响下，这些过去的小学教材正在不断被重印并且在市场上热卖。埃丝特·杜斯歌在21世纪初

---

① 从小说《又一本关于内战的该死的小说》（Otra maldita novela sobre la guerra civil）可以窥见这类作品在图书市场的饱和度。

将年幼的自己描述成一个背叛了佛朗哥派家庭的孩子，这个时候"神圣左派"（gauche divine）正致力于建立他们的集体身份认同①，而马德里政府出于政治目的也促进了"神圣左派"群体在公众面前的曝光率②。与此同时，迭斯在他的小说《属于儿童的光荣》中采用了跨文化的互文方式，在 21 世纪的第一个十年指出了全球化下明显的文化融合趋势。

这些童年故事是关于佛朗哥儿童的，也是由佛朗哥儿童创作的。这个群体所经历的过往塑造了他们，而现在他们也在努力重塑过往。将佛朗哥主义所塑造的模范儿童和这些从当下出发重构的佛朗哥儿童相比较，我旨在揭示童年和儿童不断地被重构的这个过程中的复杂性。这些回忆将个体的童年故事和当代西班牙的公共政治议题结合起来，作为社会催化剂的同时，也赢得了政治上的重要性：它们唤起了民众的历史意识；它们阻止大众不加批判地沉溺于一个美化的、虚幻的过去；它们为叙述者建立起一个集体的身份认同；它们同时也将地方的和国内的纷争与国际化联系在一起。桑托斯·胡里亚认为西班牙人欠了佛朗哥儿童的，而我也希望通过研究认可这个群体对于西班牙的过去和现在所作出的巨大贡献。

---

① "神圣左派"这个群体指的是 20 世纪 60 年代和 70 年代初巴塞罗那佛朗哥派家庭的孩子，他们后来成为反佛朗哥的坚定分子。

② 2000 年，为了在大选中拉拢巴塞罗那的精英阶层，西班牙前首相马里亚诺·拉霍伊（Mariano Rajoy）（也是当时的教育和文化部长）以官方的名义在马德里赞助了巴塞罗那"神圣左派"成员的摄影展。埃丝特·杜斯歌作为这个群体的代表人物就在这样的社会大背景下出版了她的童年回忆，讽刺战后战胜方的堕落生活，也以此来参与"神圣左派"的身份认同建构。

第二章

民主过渡时期的探索

——阿德莱达·加西亚·莫拉莱斯的小说《南方》（1981）和维克托·埃里塞的同名影片《南方》（1983）

关于阿德莱达·加西亚·莫拉莱斯（Adelaida García Morales）的小说《南方》及维克托·埃里塞（Víctor Erice）执导的同名影片，评论界讨论过作品中儿童的成长过程（Ballesteros, Martín-Márquez, Morris, Tsuchiya）、父亲的神秘化（Evans）、父女关系（Martínez-Carazo, Nimmo, Evans and Robin）以及哥特风格（Ordóñez, Glenn, Six）。但是，还没有学者试图从历史回忆的视角，或者更确切地说，从回忆战后童年创伤的角度探讨过这两部作品。此外，尽管有评论家从心理分析的角度进行过文本解读，但是把心理分析、回忆、哀悼、讽喻联系在一起，并且和当时的政治、历史状况的大背景相结合的分析还没有人尝试过。本书通过探索作品背后这些纷繁复杂的关联，旨在揭示小说和影片中的叙述者如何完成对于已故父亲的哀悼，同时，更重要的是，旨在分析作者和导演如何通过讽喻的方式在 20 世纪 80 年代初的西班牙表达出他们的政治倾向。

安古斯·弗莱彻（Angus Fletcher）关于讽喻（allegory）的分析成为本章节讨论的出发点。从希腊文的词源上看，讽喻（allegory）分为两部分——"此外的，非……的"（allos）和"公开说辞"（agoreuim）。弗莱彻在他的关于讽喻的经典作品《讽喻：关于象征模式的理论》中提出，"讽喻词源的后半部分 agoreuim 意味着公共的、公开的、宣称性的话语，而这种意思被该词的前半部分 allos 所颠覆，讽喻也因此常常被认为是颠覆性的"（Fletcher，1964：2）。换句话说，弗莱彻的讽喻指的是某种非公开的言辞，或者说秘密的言论——他所关注的是公共言论背后隐藏的含义。但是，我认为讽喻这个词的前缀和词根的关系既可以是相互对立的，也可以是互补性的，或者是使动性的：我认为讽喻也可以指"使某种秘密的言论公开化"。换句话说，这个秘密的言辞或者态度只能通过某种公开化的方式表达出来。弗莱彻的阐释关注的是非公开化的秘密本身，而我所补充的理解方式更偏向于强调使秘密公开化的方式和渠道。本书关于影片和小说《南方》的讽喻分析囊括了以上两种内涵。具体地说，我不仅将分析表面的哀悼背后隐藏的深意，还将分析作者和导演如何利用哀悼作为切入点来表达其背后的深意。

讽喻和心理分析常常是相关联的。通过分析讽喻文本的各种要素，尤其是人物的能动性后，弗莱彻总结出讽喻形式与西格蒙德·弗洛伊德（Sigmund Freud）的强迫症的相似之处（Fletcher，1964：286 – 301）。根据弗莱彻的观察，讽喻文本中典型人物的行为特征类似于强迫症患者："二者都表现出被某种意念或者思想控制的症状"（Fletcher，1964：286）。具体到作品《南方》，学者土屋明子（Akiko Tsuchiya）就注意到小说主人公阿德里安娜（Adriana）的意念似乎被某种家族秘密所牵制，而"这个秘密是家族里长辈的秘密，无意中被传给了小主人公阿德里安娜"（Tsuchiya，1999：94）。和小说中的小主人公阿德里安娜类似的是，电影中名叫埃斯特雷利亚（Estrella）的年少女主角也呈现出同样的鬼魅附身的症状。电影开场展现的是埃斯特雷利亚得知父亲死讯时的反应：家里那条叫辛巴达的狗不停地在某个角落狂吠着，而小主人公却拒绝睁眼面对现实。漫长而压抑的几秒钟之后，一束微弱的灯光打在了埃斯特雷利亚身上，她正仰面躺在床上。随后的特写镜头展现的是她慢慢睁大了双眼，身子却无法动弹，画面死一般寂静，似乎画中人正被某种未知事物或者力量所支配而失去了思考和行动的能力。

　　艺术作品中儿童处于被支配或者被操纵的状态符合我一直以来坚持的关于童年的建构主义观点（the constructionist perspective of childhood）。法国儿童史学家阿里耶斯通过分析中世纪以来大量涉及儿童的文艺作品，总结出童年是一个历史现象，直到18世纪儿童才被看作不同于成人的群体，而不再仅仅是成人的缩小模型。阿里耶斯认为关于童年的论述具有很强的社会性和政治性。我以阿里耶斯的论述为基础提倡童年的建构主义观点，旨在把分析重点从童年作为人生最初的生理阶段转移到其社会和政治背景上，但我并非要否认童年作为人生最初的生理阶段这一无可辩驳的事实。建构主义视角尤其适用于研究艺术作品，换句话说，我感兴趣的是童年的种种表现形式如何受制于社会和文化状况，尤其是战争如何影响了童年的回忆和再现，同时关注这些以战争儿童为主角的艺术作品如何充实了童年这一丰富的文化历史概念。具体而言，小说和在其基础上改编的同名影片《南方》都把背景设定在战后佛朗哥统治的初期，而两部作品都面世于20世纪80年代初期西班牙民主化过渡时期。此外，小说和电影都采用了一位成年叙述者回忆自己战后童年的叙述框架。在童年的建构主义视角下，这些童年经历是叙述者有目的的建构，也就是说，保守而天真地认为回忆是完全可信可靠的观点由此受到了质疑。电影《南方》中明确提出了对影片叙述者/画外音的质疑和反思。影片伊始，当手持神奇小摆锤的父亲在预测未出世婴儿的性别时，以画外音形式存在的叙述者说，一直在她脑中盘旋着的关于父亲预测自己性别的这一幕仅仅只是她自己的想象罢了。电影评论家马丁－马尔克斯（Martín-Márquez）对此的质问不无道理："观众完全有理由提出疑问，那我们在影片中看到的其他回忆的景象是否也可能是叙述者的臆想呢？"（Martín-Márquez，2008：33）关于这个问题我的回答是，就像童年本身是一种建构一样，叙述者的回忆也是一种有意识、有目的的建构。换句话说，分析童年回忆就是分析作品中再现童年痛苦经历背后复杂的心理和政治考量。

小说《南方》出版于1981年，电影面世于1983年，也就是说，对这两部作品的分析都应该放在西班牙民主化过渡以及其后的民主社会初期的大背景下进行。西班牙历史上所谓的民主化过渡时期通常指的是从1975年佛朗哥死亡至1982年"左倾"的工人社会党通过民选上台这一时段。这段历史时期的突出特征是大部分西班牙民众强烈希望建立和平稳定的社会民主制度（Molinero，2010：33-52）。历史学家查理·鲍威尔（Charles Powell）1979年关于西班牙民众政治倾向的调查结果显示：77%的民众赞成无条件和解，只有6.4%的受调查者反对在不清算历史的前提下和解（Powell，2001：42）。而从西班牙政坛当时的实际状况来看，1975年独裁者死后，无论是极右的佛朗哥派残余势力还是左派的反佛朗哥联盟都没有能力独立地完全控制西班牙国内喧嚣的复杂局面，因此左右两派不得不互相妥协，达成了暂时的"共识"。左右两派暂时携手的直接产物就是1977年的西班牙"大赦法案"（La Ley de Amnistía, 1977），该法案规定赦免内战以及战后的所有政治罪行，并且释放所有仍然在关押中的反佛朗哥的政治犯。在这个暂时的官方以及民间共识的框架下，关于历史——西班牙内战以及战后的独裁——的讨论被暂时搁置，人们选择了沉默，闭口不谈过去，埋头发展经济。当然，这并不意味着历史完全被人们遗忘或者忽略了，包括拉法埃尔·阿贝拉（Rafael Abella）、弗朗西斯科·阿布柯克（Francisco Alburquerque）和保尔·布莱斯顿（Paul Preston）在内的史学家都注意到，1975年在佛朗哥死后出版了大量的历史研究作品，记录了内战以及战后专政时期的各种暴力行为（Abella，1978：29；Alburquerque，1981：430-31；Preston，2012：9-12）。换句话说，史学作品的确揭示了内战以及佛朗哥独裁时期的种种残暴，但问题是这些作品在民主化过渡时期没有市场、没有读者（Labanyi，2007：93-94）。

1982年后，民主化过渡完成了，左派工人社会党也通过全民大选执掌政府了，但是关于历史的沉默依然顽强地存在着。左派政府出于推进市场经济的谨慎考虑，仍然不鼓励展开关于历史的回顾和讨论。1982年至1996年的西班牙首相菲利普·冈萨雷斯（Felipe González）于2001年在一次公开致辞中坦承，"我认为我负有关键的责任,没有在最合适的时机展开对历史、对佛朗哥主义以及对内战的讨论,我们没有及时地颂扬佛朗哥独裁统治下的牺牲者,甚至对他们的认可都不曾有过"(González and Cebrián,2001:35-36)。冈萨雷斯这一番大选前的说辞毫无疑问有借机拉选票的机会主义之嫌,但是这也的确从另一方面证实了西班牙民主化后的第一代左派政府不鼓励公开讨论历史的做法。20 世纪 80 年代初期,左派社会工人党政府承认了共和国派为保卫民主理想为国家作出的牺牲,同时也通过立法对战争中左派占领区的死伤者家属发放抚恤金(*Ley 5/1979*,*Ley 35/1980*,*Ley 6/1982*,*Ley 37/1984*)。但是在 20 世纪 80 年代初的西班牙社会,关于历史是非的公开讨论仍然是个官方禁区。

公开讨论历史,尤其是有关战败的共和国派的历史,在 20 世纪 80 年代初无法吸引公众的目光,也不受官方鼓励,那么,这段历史或许能够以艺术的方式唤起民众的美学关注。学者乔·拉万尼认为,"西班牙审查制度取消后,最初涉及被压抑的共和国派回忆的小说在内战结束后近半个世纪才出现"(Labanyi,2009:99)。拉万尼指的是 1985 年出版的胡里奥·亚马萨雷斯(Julio Llamazares)的《狼月》(*Luna de lobos*)以及 1986 年出版的安东尼奥·穆尼奥斯(Antonio Muñoz)的《美好人生》(*Beatus ille*)。而小说《南方》出版于 1981 年,早于拉万尼提到的两部先驱作品。电影《南方》拍摄于 1983 年,也是后佛朗哥时代最早涉及战败的共和国派的影片之一。因此,文本和影视作品《南方》的价值不仅在于两部作品中缔造的经典儿童形象,更在于它们传递出的政治态度,以及作者和导演对于历史、历史和当下关系的思考。

瓦尔特·本雅明(Walter Benjamin)在《德国悲剧起源》(*Ur-*

sprung des deutschen Trauerspiels）中分析德国诗人把头盖骨讽喻为历史的象征时写道："所有关于历史的不合时宜的、哀伤的或者不受欢迎的（讨论）都可以通过死人的脸或者是头盖骨传达出来。"（Benjamin，1968：166）本雅明的这个论断也适用于作品《南方》：文本和影片都面世于20世纪80年代初，当时关于历史的讨论，尤其是关于战败方的，无疑被认为是不合时宜的。这并非因为当时的西班牙不需要回顾历史，而是因为当时的官方并不鼓励人们回顾历史，大集团控制下的西班牙媒体不欢迎这类话题。于是，这些不合时宜的讨论便需要一张面具，一张可以让它们掩藏其下以面对世人的面具。从表面看来，小说和电影《南方》都是围绕着童年展开的，童年的不幸根源在于小女孩父亲不明原因的自杀。大部分学者和评论家在分析作品中的俄狄浦斯情结或者父女乱伦欲望，抑或是拉康的父亲法则（Law of the Father）时都能够很好地自圆其说。然而，我提出的将讽喻和心理分析相结合的解读方式能够揭示出作品更深层次的内涵。在作品中，父亲的死亡背后隐藏着作者和导演关于历史以及历史与当下关系的政治思索——那个在20世纪80年代初的西班牙被认为不合时宜的、不受欢迎的关于内战以及战后政治的话题。

本雅明在《德国悲剧起源》的临近篇末处将哀悼和讽喻联系在一起，他写道："哀悼是讽喻之母也同时是讽喻之内容。"（Benjamin，1968：230）以上结论是本雅明基于对巴洛克式讽喻剧的分析，他注意到这些剧作的核心意义通常是在结尾处揭示的，也就是说，是在人物死去那一刻揭示出的。而在人物死亡瞬间，本雅明注意到的是死者的遗体，换句话说，讽喻和哀悼在本雅明看来都和片段、残缺以及缺失相关联。遗体以及头盖骨对于本雅明的讽喻分析至关重要，因为它们代表了一种缺失，一种无法挽回也不可逆转的缺失。在小说《南方》中，亡父的坟墓成为一种有形的可以示人的公共面具，面具下隐藏的是叙述者压抑的情感，进一步说，是作者的政治思考。而在电影《南方》中，父亲的遗体直接展示在镜头下，毫无掩饰地面向观众。高机位的摄像头从空中慢慢地扫过父亲生前居住的房子以及周围的环境；然后聚焦成一连串缓缓移动的特写镜头，先后拍摄出一辆老旧的躺倒在地上的自行车、一件风衣、一双鞋子；最后，镜头定格在父亲的遗体上，自杀的父亲面朝下地躺着，手边是他的来复枪。遗体的姿势不禁让人联想到战后初期在大山中坚持斗争的左派游击队员。在关于战后的当代电影中，如《被打破的寂静》(*Silencio roto*)，左派的游击队员被俘获杀害后，在山谷中面朝下躺着，手边一杆来复枪，就像《南方》中父亲的遗体一样。影片《南方》中向观众直接展示的遗体表明父亲已永远离去，而同时，也通过遗体摆放的姿势引起观众对导演政治讽喻的注意。

在内战或者战后失去亲人已经成为那一代西班牙人抹不去的童年创伤。据历史学家迈克·理查德（Michael Richards）的统计，"1936 年至 1939 年间约有 35 万西班牙人非正常死亡……1940 年至 1942 年间由于饥饿、疾病以及政治迫害的死亡人数达到 20 万"（Richards, 2002: 116）。成年人由于战争或者政治迫害身亡，留下了大量的孤儿，而许多左派家庭出身的孩子，被强行从亲戚或收容所带走，由政府重新指派右派家庭收养（Armengou and Bellis）。于是，对于左派家庭出身的儿童而言，平静地面对或者接受历史首先必须面对父母亲人的死亡，或者说，必须先完成对逝者的哀悼。

本雅明和弗洛伊德关于哀悼的阐述有助于加深对小说和影片《南方》的理解。本雅明把对于失去的人或者物的哀悼描述为"一种状态，在这种状态下，人的哀伤的情感使得那个失去挚爱后空虚的世界以一种面具的形式存在，从而哀悼者能够通过对于空虚的仔细思考而获得一种神秘的满足感"（Benjamin 1968：139）。本雅明所指的"空虚的世界"产生的原因便是失去一件喜爱的物品或者一位挚爱的人。而"仔细思考"的行为无疑包含着哀悼者及其所失去的物品或者人之间的距离，因为只有当主体能够和客体之间拉开一定情感距离之后，冷静的思考才有可能产生。在这个层面上讨论，本雅明的哀悼理论和弗洛伊德的哀悼理论之间并没有冲突。对于弗洛伊德而言，"哀悼者面对的是一个贫瘠而空虚的世界"（Freud，1957：243）。而经常为人们所忽略的是弗洛伊德提出的解决哀悼的方式。根据弗洛伊德的理论，哀悼其实是一个过程，在这个过程中，哀悼者渐渐和失去的挚爱拉开距离，并且最终切断哀悼者和亡者之间的情感纽带——用弗洛伊德的术语说就是"利必多"，而哀悼者可以通过把情感注入一个新目标来完成这个过程：也就是说，需要找到一个替代品或者替身来承载哀悼者厚重的情感（Freud，1957：238）。只有通过这种方式，哀悼者才能够拉开一定的距离去面对亲人的死亡或者缺失。换句话说，是否能够完成哀悼取决于哀悼者是否能够成功找到一个替代的物品、事件或者人来转移情感。

弗洛伊德强调过这种安慰性替代品的重要性，但是他的论述主要集中于作为替代的人，也就是说，他着重于哀悼者是否能够寻找到一位死者之外的亲人来转移他对死者的牵挂。而无论是在影片还是小说《南方》中，主人公都没能找到另外一位能够替代亡父的亲人。母亲本可以成为儿童寻求慰藉的对象，但是两部作品中的母亲都没能成功地满足小女孩的情感需求。在小说中，我们注意到阿德里安娜和母亲之间的距离，当母亲为父亲的死亡而哭泣时，小女孩试图抚慰母亲的忧伤，但是却发现自己做不到，小说是这么描写的，"我（阿德里安娜）想走近她（母亲），但是突然间我发现我的双腿完全无法移动。千钧的重担突然压在我心头，我无法承受"（Morales，1985：39）。阿德里安娜和母亲之间的距离太远，因此，她失去父亲的苦痛不可能通过母爱得到抚慰。也就是在这时，阿德里安娜充分地意识到母女关系不可能替代父女关系（Morales，1985：40）。

而在影片中，小女孩埃斯特雷利亚和母亲的关系则要较小说中更为亲近。尽管如此，母亲也未能成功地将小女孩从失去父亲的伤痛中解脱出来。父亲死后，埃斯特雷利亚坚持要待在父亲生前的阁楼里、躺在父亲的床上，当母亲提出让她回自己的床上睡觉时，她断然拒绝了。在镜头中，她蜷缩在父亲的床上，面朝着墙壁，昏暗的阁楼里了无生气。当母亲进屋打开窗子试图让阳光照进来时，埃斯特雷利亚动了动，背对着母亲把自己的身体向阴影深处挪去。也就是说，她通过自己的肢体语言拒绝了母亲试图要安慰她的举动。在紧接着的下一个镜头中，埃斯特雷利亚卧床不起，她的母亲没有再出现，小主人公独自一人面对父亲死亡带来的无尽伤痛。这个镜头暗示着西班牙左派家庭出身的失去父母的儿童所肩负的历史使命：这些儿童必须自己去面对父辈在内战中或者战后的非正常死亡，并且努力去接受痛苦的过去。

战后，佛朗哥儿童无法从其他亲人身上找到情感慰藉，于是他们开始书写童年的回忆。研究英国挽歌的学者曾经用弗洛伊德关于完成哀悼的理论来分析有关死亡、亡者的艺术表现。学者彼得·萨克斯（Peter Sacks）曾经将弗洛伊德的哀悼目的和从斯宾塞到叶芝以来的挽歌的写作目的并列分析。萨克斯认为传统的挽歌作者就像弗洛伊德的哀悼者一样，通过挽歌的写作来转移自己的哀痛（Sacks, 1985: 1-38）。也就是说，作者通过挽歌的写作来排解或者转移自己对亡者的深切思念。挽歌的写作充当了弗洛伊德提到的替代品，为哀悼者提供了情感慰藉。我所要提出的是，实际上，关于不幸童年的回忆也同样起到了这个作用。叙述者通过面对、探究并展现父亲的死亡，不仅转移了自己的哀痛，也通过语言的中介作用，或者运用语言所要求的思考过程拉开了与亡父之间的情感距离。这种距离对于完成哀悼是至关重要的，因为它有助于让叙述者充分意识到生者和死者的区别，从而接受并面对父亲的死亡。换句话说，为了完成自己对先父的哀悼，小说和影片的叙述者才开始回忆童年、回忆童年时期父亲的死。而这个以文字或影像表达出的回忆帮助叙述者完成了他们的哀悼。这个互为因果的阐释恰恰解释了小说和影片环形结构的原因：两部作品都始于父亲之死并以此终结。

  这些儿童不仅要完成对亡父母的哀悼，还担负着理解历史的使命。具体地说，儿童时期的阿德里安娜和埃斯特雷利亚还太年幼，对周围发生的一切缺乏足够的理解能力。因此，一旦成年，她们就自然肩负起理解童年的使命。完成哀悼和理解历史的双重责任促使两位主人公努力去探究她们在特殊年代度过的童年以及父亲在她们童年时期的意外离世。作为在战败的共和国派家庭中成长的儿童，她们的个人回忆是对历史的反思，因为她们试图要找到童年不幸的根源。这两部作品均面世于20世纪80年代初，那时对历史的反思被认为是不合时宜的，于是，这种反思就必然需要一张公共面具，需要以一种非直接的讽喻的形式出现。具体地说，我着重分析的是作者和导演如何通过表面的童年回忆来表达隐藏的对佛朗哥主义以及20世纪80年代初西班牙普遍沉默的反思。

　　尽管小说和影片的叙述者都同样肩负着理解自己童年的使命，但是她们的童年经历却不尽相同。学者玛丽安娜·赫希（Marianne Hirsch）提出过关于"后回忆"（postmemory）的概念。根据赫希的理论，这个概念指的是"第二、三代的回忆，他们的成长笼罩在上一代不幸经历的阴影中，这些人没有自己的过往，或者说他们关于过往的回忆都被上一代的痛苦占据，而这些痛苦是年幼的他们无法理解的"（Hirsch，1997：22）。影片《南方》的主人公比小说《南方》的主人公更接近于赫希的"后回忆"，也就是说埃斯特雷利亚的童年回忆基本是关于父亲的故事。在影片中，小女孩所有的不幸和压抑都直接来自父亲那不可名状的伤悲。一个令人印象深刻的场景是小女孩为了引起日渐沉默的父亲的注意而故意玩失踪。她躲在床底下，摄像机的镜头顺着小女孩的视线从床底下往外拍摄，此时父亲用他的手杖底端击打着地面，一下又一下，生硬、沉重而迟缓。小屋中空荡荡的四壁回荡着击打声，传回了小女孩的耳朵。面对着父亲持续的抗议般的击打声，埃斯特雷利亚开始抽泣，不是为了自己，而是出于对父亲的同情，这时，画外音解释道，小女孩明白了自己的那点儿委屈和父亲压抑的痛苦比起来根本算不了什么。

　　影评家埃文斯（Evans）曾经说过，"影片《南方》更多地讲述的是父亲的故事，而不是小女孩埃斯特雷利亚的故事……埃斯特雷利亚的角色是受很大限制的，她仅仅起到一个旁观者的作用罢了"（Evans，1995—1996：149）。我同意埃文斯说的父亲的往事占据了埃斯特雷利亚的童年，但是我认为小女孩并非被动的旁观者，她起到了一个积极的探索者的作用。换句话说，埃斯特雷利亚的童年回忆展现了她如何通过探索去理解并且重构父亲的往事。在父亲开始封闭自我之前，埃斯特雷利亚的童年无忧无虑。影片通过控制光线来表现埃斯特雷利亚情绪的变化。法国学者阿兰·菲利蓬（Alain Philippon）曾经把《南方》中的童年比喻为一片"未知的处女地"，他认为主人公的记忆会慢慢渗入那片从未完全明朗的黑暗和未知（Philippon，2002：180）。而我认为，对影片光线的进一步分析显示出埃斯特雷利亚童年回忆的多层次性：并非所有的童年回忆都是黑暗的，有一些关于童年场景的拍摄是在明亮的光线下完成的。确切地说，最黑暗——或者说最压抑的部分——是关于父亲死亡的，那个在埃斯特雷利亚的意识层面被压抑了很长时间的事实。越是和父亲之死联系紧密的镜头表现得越是黑暗。开场的字幕长达59秒，完全在死一般的沉寂中展示，显示影片拍摄人员名单的背景也是压抑的黑底白字。这个沉重的开头预示着影片将要挖掘的是主人公深埋心底的回忆，这段回忆完全笼罩在父亲的不幸生活和自杀的阴影下。换句话说，影片中小女孩要理解自己的童年，就必须先理解父亲不幸生活的根源及其对幼年的她所带来的影响。

　　埃斯特雷利亚的童年笼罩在父亲神秘往事的阴影下。父亲带领她进入神奇的摆锤世界的那一幕预示了她只有先摆脱父亲的影响，而后才能从自己童年的阴影中解脱出来。父亲要求她清空自己的思想，听从摆锤的指引。在不停晃动的小摆锤的指引下，埃斯特雷利亚在镜头中慢慢地进入了父亲身后的一片阴影，直到她惊喜地喊出："成功了，它开始转圈了，它开始转圈了"，小主人公才走出阴影进入光明地带。这一幕在灯光的协助下，充满着象征意味：只有当小女孩掌握了摆锤的神奇力量、承担了摆锤所承载的责任时，她才能抛下心理负担和种种压抑——这种压抑在影片中总是以黑暗来表示。具体地说，这种心理负担是由父亲之死直接造成的。

在探究父亲悲剧生活的根源之前，埃斯特雷利亚首先需要面对的是父亲死亡这一现实。对于她而言，要承认父亲的非正常死亡并不容易。她甚至将父亲之死的责任部分地揽在自己身上。影片中，画外音解释道："我曾经抛下他，让他孤零零一个人，在窗口听着那首老舞曲。我当时是否可以干得更好？这也是我这些年来一直问自己的。"于是，她总是拖延着，或者避免赤裸裸地去面对父亲之死。以画外音形式存在的第一人称叙述者和年幼的主人公之间的年龄差距足以说明对她来说，面对这个残酷的事实有多么困难。叙述者的成熟嗓音表示她父亲自杀已经是很多年前的事了。回忆中，她依然不情愿让15岁时的自己睁开眼睛去面对这个残忍的事实。影片开场长达近一分钟的压抑无声的黑暗表明了叙述者内心的挣扎。一直到影片的末尾，观众才知道失踪的父亲原来是在山里开枪自杀了。父亲的死是如此之沉重，以至于埃斯特雷利亚多年以后仍然需要鼓足勇气去面对，而其他所有关于童年回忆的片段既掩饰又暗示了这个她所难以面对的事实。

小说中阿德里安娜和许多左派家庭的儿童一样，她的童年不仅被父辈的不幸笼罩着，还直接承受着来自独裁政府的压迫。和埃斯特雷利亚不同的是，阿德里安娜的童年回忆中几乎找不到欢乐的场景。她从小就是个叛逆的女孩，连母亲都认为她是个魔鬼。因为父亲是无神论者,阿德里安娜在战后那个宗教势力主导的社会中受尽羞辱,还被迫接受严酷的宗教教育。叙述者通过反思性的回忆,希望能够真正了解自己的童年经历。了解自己不幸童年的根源,叙述者回忆往事所使用的表达方式反映了作者对许多左派家庭儿童遭遇的同情以及对独裁政府的批判。

小说中对阿德里安娜和小伙伴玛丽之间第一次冲突的描写充满着暗示性,不禁让人联想到战后佛朗哥政府将左派家庭的儿童称为"有害病菌"。在玛丽拒绝了阿德里安娜在游戏中扮演圣女贞德的要求后,阿德里安娜愤怒地将小伙伴推进火堆。她的暴力行为受到了母亲的惩罚。而母亲的惩罚又将小女孩进一步推向了父亲那一边,加深了她对父亲的认同,因为父亲也被其他的家庭成员和周围的人称为"魔鬼"。小说是这么描述小女孩的心理活动的:"我觉得自己跟你(父亲)是一派的……我们有一个共同点:都被认为是社会的有害病菌。你在家人以及为数不多的访客眼里是那么奇怪,他们都认为你一定会受到上帝的惩罚,因此都希望能够通过无尽的祈祷替你赎罪。而我,在某种意义上说,跟你属于同类。妈妈骂我是'魔鬼',而且我从她的声音中听出了她对我未来的恐惧。"(Morales,1985:16-17)阿德里安娜的伤心叙述直指当时佛朗哥政府用来羞辱和迫害敌人的惯用策略。战后,以安东尼奥·巴列霍-纳赫拉(Antonio Vallejo-Nájera)为首的佛朗哥派心理学家使用"病菌"(el mal)这个词来描述左派以及他们的子女;此外,在佛朗哥政府的宣传册子中,左派经常被描述为一些疯狂的纵火犯(Vinyes,2002:49)。这些侮辱性宣传充斥着战后的儿童读本,目的是对儿童进行洗脑,迫使他们从小就痛恨左派而认同佛朗哥政府(Abos,2003:348)。在这些御用心理学家看来，要治疗这些"得病"的共和国派分子，除了暴力镇压之外，最有效的"心理疗法"就是"通过宗教祈祷和道德教育让他们得到救赎、让他们罪恶的灵魂得到宽恕"（Richards，2002：66）。在小说《南方》中，家里的帮佣何塞法（Josefa）"准确诊断出了父亲的病症"，她声称，父亲的所有问题都归结于他"没有宗教信仰而已"（Morales，1985：9）。何塞法的论断回应了战后的官方宣传，认为左派"道德病"的根源在于缺乏宗教信仰（Richards，2002：68）。

如果阿德里安娜和玛丽之间的第一次冲突让阿德里安娜开始觉得自己和父亲一样"邪恶"的话，那么她和玛丽的第二次遭遇则再次证实了她的猜想。这回，玛丽再次羞辱了阿德里安娜的父亲，称他为"无信仰的坏蛋"，并指出"（你爸爸）从来不去教堂！他注定会受到上帝的惩罚"（Morales，1985：23）。愤怒的阿德里安娜再次诉诸暴力，将玛丽恶狠狠地推进了路边的仙人掌丛中。玛丽的辱骂证实了阿德里安娜作为"红色子弟"的身份——这在佛朗哥的官方宣传中被认为是"邪恶而有害的"（Vinyes，2002：79）。于是，阿德里安娜告诉自己，"看来我是真的属于恶魔一类了"（Morales，1985：17）。小女孩意识到她和父亲一样，属于另一个世界，"面对母亲，我感到很孤独，我觉得自己一直都站在你（父亲）这边，即使为此要和全世界作对，包括母亲，包括何塞法以及偶尔来家里的客人——那些你从来不闻不问也不理不睬的客人"（Morales，1985：23）。这段关于两个不同世界的描述唤起了人们对战后佛朗哥政府的隔离政策的回忆，佛朗哥政府将左派和他们的子女隔离开来，目的是不让这些带"病菌"的人群传染健康的新西班牙社会肌体（Richards，2002：98）。

作为儿童，阿德里安娜无法逃脱战后官方强加的严格的宗教训练。在许多描述战后童年的西班牙小说中，例如《虚无》(Nada)、《天堂山庄的决斗》(Duelo en el paraíso) 和《最初的回忆》(Primera memoria)，都有一位年长妇人担负起家长的职责，负责将官方的也就是最保守的意识形态灌输给家族里的女孩。小说《南方》里也有这么一位类似的保守女性形象，她就是家中的帮佣，也是与母亲无话不谈的朋友何塞法，是她强行将小女孩阿德里安娜带入痛苦的教义学习中去。何塞法的教条和训诫在阿德里安娜看来一点也不公平，阿德里安娜后来回忆道："她（何塞法）强行让我承认我根本没有犯过的罪行，坚持说我必须在第一次领圣体前不断地忏悔这些莫须有的罪名……她总是孜孜不倦地在我的日常言行中挑刺、企图找到罪证……她的那些质问伤害了我，让我觉得无比委屈。"（Morales，1985：20）阿德里安娜的遭遇是很多战后儿童所共有的，尤其是那些共和国派家庭的儿童。在纪录片《佛朗哥时期失踪的儿童》(Els nens perduts del franquisme) 中，父母是共和国派的弗朗西斯卡·阿吉列（Francisca Aguirre），愤怒地控诉自己于20世纪40年代在社会救助机构所受到的不公正待遇，她揭露道："那些修女们经常把我们所有小女孩儿召集在一起，然后明确地称我们为'祸害'，说我们的父母是恐怖的红色分子、杀人凶手、没有宗教信仰、是罪犯，说我们根本不值得社会同情，说我们还能活着纯粹是因为社会的怜悯。年幼的我们根本不知道我们到底犯了什么错要遭到如此的责骂。"阿德里安娜和阿吉列的困惑是战后许多儿童所共同拥有的，年幼的他们无法完全理解自己以及家庭在内战中以及战后遭遇的种种不幸。成年后的他们需要并且想要理解自己不幸的童年。也只有这样，他们才能够真正从过去的梦魇中解脱，面对未来。

叙述者的童年回忆不仅有助于她理解自己的过去，也唤起了和她有共同遭遇的同代人的共鸣。作者通过叙述者的回忆传递了自己对佛朗哥政府战后压迫政策的批判。阿德里安娜成年后通过讲述自己的童年经历打破了家族内关于历史保持的沉默，而作者通过她打破了社会上关于内战和战后独裁的沉默。试图理解战后童年的尝试成为作者在20世纪80年代对本国历史批判反思的面具。20世纪80年代初，大部分西班牙人，尤其是在内战中或者战后初期度过童年的西班牙人，选择了对历史保持沉默。有意思的是，鲍威尔的民意调查结果显示，20世纪80年代过渡时期最拥护暂时回避历史的人群恰恰是这些儿童（Powell，2001：42-43）。小说作者莫拉莱斯和影片导演埃里塞也属于这个群体，但是和其他同代人不同的是，他们选择了打破沉默。作者莫拉莱斯借着作品中阿德里安娜对自己不幸童年的回忆完成了对历史的讽喻。而埃斯特雷利亚讲述童年经历的困难背后，传递的是导演埃里塞的深切用意：他强调的是上一代人的不幸对他们的子女所产生的深远影响。

如果说，这些年幼的主人公尚可在成年后通过努力重新建构自己的童年的话，那么要了解他们父辈一直以来被压抑的创伤则更加困难。参加过内战并经历过独裁的父辈并不愿意向子女们透露他们的过去。在小说中，叙述者说，"你（指父亲）从来不谈论自己也不提及你的家人"（Morales，1985：6）；在电影中，回忆者也有同样的感叹，"父亲的过去对于我而言一直是个真正的谜"。但两位父亲都深陷于往事，终日忧郁，无法自拔。在小说中，当父亲拉斐尔（Rafael）被女儿问及他不幸的根源时，他说："人生最大的苦痛是那种无缘由的苦痛。它从四面八方袭来，但你又很难判断它确切来自哪里，无所不在又无迹可循。"（Morales，1985：37）拉斐尔的症状是弗洛伊德式忧郁症的典型表现，根据弗洛伊德的理论，"忧郁症患者无法确定自己究竟失去了什么，因为他失去的东西更多地存在于无意识层面上"（Freud，1957：240）。这也同时是心理学家尼古拉斯·阿伯拉罕和玛丽亚·多洛克提出的忧郁式"渗入"："忧郁者将失去的人或者物和自我等同了起来，导致失去的客体永驻心中，无法确认来源但又无处不在。"（Abraham & Torok，1986：21）拉斐尔正是这种忧郁症患者，而他生前的抑郁和沉默在他死后依然在家中笼罩着。在小说结尾，叙述者承认，"你走后，将你的沉默留在了我们共同生活过的如今如鬼魅般的屋子里"（Morales，1985：52）。

无论是小说中还是电影中的父亲形象都是被动的，而这种被动是通过摆锤表现出来的。学者乔·埃文斯在评论影片对父亲形象的神化和神秘化时写道："摆锤代表了父亲的无所不能。他用它来发现地下水，摆锤成为父亲超自然能力的标志。"（Evans，1995—1996：148）埃文斯的结论同样适用于小说中的父亲形象。然而，我认为这种超自然的能力并不属于父亲，而是属于摆锤，因为要使摆锤起作用，使用者必须先"清空思想"（Morales，1985：25）。摆锤在指引着它的使用者，并赋予它的主人以神奇的力量。摆锤可以用来预测未出世婴儿的性别，也可以用来找到干旱地面下的水源，婴儿和地下水都是隐藏不可见的。也就是说，发掘隐藏的真相不仅是摆锤拥有的神奇能力，也是摆锤所有者的责任。担负起这个重大的责任，摆锤拥有者不仅要先清空思想，还要有巨大的勇气去面对真相。小说和电影中的父亲都缺乏勇气去发现并揭露不幸生活的根源。

影片中的父亲阿古斯丁（Agustín）以自杀结束了自己的不幸生活。在阿古斯丁的自杀背后，传递出的是导演对共和国派在战后不幸遭遇的深切同情。学者约翰·皮姆（John Pym）形容奥梅洛·安多努迪（Omero Antonutti）饰演的父亲形象时这么写道："他沉默而忧郁地忍受着一切：安多努迪眼神忧伤、两鬓斑白、性格被动，他似乎将角色的性格渗入了自己的骨髓里。"（Pym，2007：309）阿古斯丁曾经试图逃避摆锤赋予他的责任，试图逃避自己的不幸，但是作为战败的左派，在战后西班牙这个专制的警察国家他无处可藏。在20世纪四五十年代的西班牙，他的活动能力和行动范围受到政府的极大限制。他住处的屋顶上高高矗立的那只铁铸海鸥象征着他的处境：年复一年，那只展翅欲飞的海鸥被北方的寒冷冻僵了，并且被一块沉重的铁座束缚着，只能无奈地望着南方——阿古斯丁的故乡。阿古斯丁还给他的狗取名为辛巴达，让人们联想到勇敢的水手辛巴达。带有辛酸的讽刺意味的是，镜头总是停留在他屋前一条蜿蜒的小河上。梦想中的辽阔大海和现实中的狭窄小河形成了强烈对比，并由此反映出战后许多共和国派分子——包括阿古斯丁——不得不面对的状况：在他们的政治抱负和他们必须面对的现实之间存在着巨大的鸿沟。阿古斯丁还曾经试图在虚构的影视作品中寻找安慰，只是影片中不断响起的主题曲——忧伤的小调《蓝月亮》、以仰角拍摄的电影院的高大拱门和以俯角拍摄的站在门口的阿古斯丁矮小身躯之间的对比，提醒着观众这个共和国派分子在战后的无能为力和痛苦。

最终，阿古斯丁放弃了抗争。在妻子焦虑而孤独的"阿古斯丁丁丁丁丁丁丁"的背景呼唤声中，他独自一人，躺在小旅馆的床上，抽着烟。窗外，火车发动的笛声已经响了，他最终还是没有勇气像他计划的那样登上逃亡的列车。逃亡计划失败后，他在家越发地沉默了。几乎与此同时，埃斯特雷利亚在一个黑暗的夜里潜入了父亲的书房，将父亲的摆锤从抽屉中取出。小女孩慢慢地打开装着摆锤的小盒子，此时背景音乐中突然插入了节奏急促的小提琴声，听起来像是悬念影片中揭示隐藏的悲剧的前奏。叙述者的画外音缓缓响起，"从那天起，父亲再也没有碰过摆锤"。阿古斯丁无法再面对摆锤，他对摆锤的放弃象征着他彻底丧失了面对过往的勇气。同时，小女孩从父亲抽屉中取出摆锤可以理解为她将要承担起父亲无法肩负的责任。很快，阿古斯丁结束了自己的生命。他将自杀地点选在大山里——也就是20世纪40年代西班牙左派游击队员反抗暴政、继续战斗的地方。这个场景的设置表达了导演对阿古斯丁选择死亡的批评：游击队员们在山里抗击暴政丧失了生命，他却以自杀的方式放弃了抗争。

面对父亲的死亡，小说和影片的叙述者都选择通过重新建构父亲的历史、探究父亲的死因来转移对已故父亲的情感牵挂。换句话说，她们将探究父亲的历史作为替代性任务并以此转移她们的哀伤。面对这同一项替代性任务，阿德里安娜和埃斯特雷利亚选择了不同的解决方式。父亲的过去在阿德里安娜的家中成为不能提及的禁区，为此她只能选择在少年时期去父亲的故乡——南方——一探究竟；和阿德里安娜不同的是，埃斯特雷利亚从周围人的口中收集了关于父亲往事的只言片语，她最终得以通过想象的方式将这些听到的信息补充完整。

在阿德里安娜的家里，不仅父亲选择了向小女孩隐瞒自己的过去，母亲以及家里的帮佣何塞法也选择保持沉默。每次只要一提到父亲，母亲和何塞法就说希望他能够获得宗教的救赎，别无它词。阿德里安娜还记得那些午后,母亲和何塞法喝着咖啡,谈论着父亲,她们俩对小女孩的存在视而不见,更别提向小女孩解释什么了。"我还记得母亲和何塞法在小桌子边的谈话,她们俩边缝衣服边聊天……她们有一搭没一搭地聊着一些我完全不知道的事情……何塞法最后总结道:'没啥可说的,没有宗教信仰而已。他只能是个倒霉蛋。'"(Morales,1985:9)母亲和何塞法暗示,父亲的存在本身就是一种不幸,但是她们从来没有告诉过阿德里安娜真正的原因,她们只会借助宗教来解释父亲为何如此痛苦,但这在小女孩听来根本不能信服。阿德里安娜深切地感受到她父亲的痛苦,她回忆道:"你(父亲)在她们中间就像是一个超人类的、让人费解的不幸。而我深切地感受到了你身上那无边的苦楚。"(Morales,1985:9)在一次南方之旅后,父母的争吵让阿德里安娜觉察到父亲似乎有什么秘密,但是母亲从来不告诉她:"母亲不再抱怨我,而改抱怨一些我不明白的事儿。我知道你的生活中曾经有过另外的女人。但我不认为这能在家里引发那么大的危机。我慢慢地发现似乎还有别的原因,那些你从来不说的原因,而在你们的争吵中似乎有人暗示过。那个原因最终成为一个秘密。"(Morales,1985:25)

母亲不仅仅帮助父亲向阿德里安娜隐藏事实,而且还试图为父亲的沉默和忧郁编织一个神秘而神奇的故事。母亲禁止阿德里安娜进入父亲的书房,理由是父亲正在屋子里积攒神奇的力量,一开门,那些能力就会泄露出去(Morales,1985:9)。实际上,父亲总是把自己关在阁楼的小书房里,他在那儿沉默地注视着摆锤,好几个小时一动不动,把自己和外界完全隔绝开来。小女孩通过书房的锁眼往里窥视,看到"你(父亲)没完没了地盯着摆锤、一声不吭，我甚至能听到所有细微的动静"（Morales，1985：9）。母亲将父亲无法表达的沉默和痛苦解释为一种神秘的力量，无意识地向阿德里安娜隐瞒了父亲的过往："我又一次问妈妈，那种力量是否有形可见。她回答说那必须是无形的，因为它是秘密，如果让人看见了，就不再起作用了。"（Morales，1985：10）父亲的痛苦极大地影响了阿德里安娜的童年。叙述者成年后回忆道："真是难以想象，为什么那些个看不见的甚至是实际可能不存在的压抑却给我的童年打上了那么深刻的烙印。"（Morales，1985：10）

　　小说和影片不仅反思了历史，也批评了当下。父亲的过去影射了西班牙社会在20世纪80年代初的状况——笼罩在阿德里安娜家里的沉默也继续笼罩着80年代的西班牙社会。家庭成员的种种反应让人联想到学者们关于这段时期的解释。学者特蕾莎·毕拉罗斯（Teresa Viralós）从心理学的角度试图解释20世纪80年代初西班牙社会上关于内战和独裁的沉默，用意识层面受压抑的机制来解释它（Viralós，1998：70 – 72）。根据她的解释，受创伤的人在很长一段时间内将无法面对并且弄清楚自己曾经受过的创伤。就像阿德里安娜的父亲一样，他总说："人生最大的苦痛是那种无缘由的苦痛。它从四面八方袭来，但你又很难判断它确切来自哪里，无所不在又无迹可循。"（Morales，1985：37）然而，拉斐尔没有耐心去等待心情的平复。在极度的压抑中，他最终结束了自己的生命。当他在世时，他不仅隐藏自己的过去，还将沉默强加给家庭里的其他成员。学者土屋明子从女性主义的角度分析小说《南方》时，将家庭沉默的根源归于父亲的禁止（Tsuchiya，1999：92 – 97）。在父亲的权威下，母亲无意识地参与了掩盖秘密的过程。母亲的屈从让我们联想起卡门·莫雷诺-努尼奥（Carmen Moreno-Nuño）对于西班牙民主政府沉默的解释。根据努尼奥的观察，这有可能是西班牙独裁统治的后果（Moreno-Nuño，2006：43-58）。也就是说，西班牙人习惯于在独裁时期保持沉默，而这种习惯在独裁者死后依然保持着。导演埃里塞的另一部影片《蜂巢幽灵》（*El espíritu de la colmena*）也是对这种沉默的经典演绎：在影片中，整个家庭都笼罩在战后萧瑟压抑的氛围中。

　　与对历史保持沉默的父辈不同，阿德里安娜选择对历史负责。为了理解父亲的忧郁并完成自己对父亲的哀悼，她踏上了为父亲寻根的旅程，启程前往父亲的故乡——南方的塞维利亚。在塞维利亚，哀伤的阿德里安娜对父亲曾经用过的旧家具、穿过的旧衣服、用过的日用品都变得那么敏感（Morales，1985：43）。这些遗物对于阿德里安娜的南方之旅意义重大，因为其无时无刻不在提醒着主人公父亲从前的生活，同时也让她清醒地意识到这些遗物的主人已经不在人世了。

　　在南方，阿德里安娜从父亲的老奶娘艾米丽亚口中了解了父亲的童年、少年和青年。父亲成为艾米丽亚口中的少爷。艾米丽亚作为阿德里安娜的信息提供者，她选择性地隐瞒了少爷的一部分往事。艾米丽亚每天沉浸在少爷的遗物中，拒绝走出他留下的阴影。而阿德里安娜则不同，她面对父亲往事的目的是要走出父亲的阴影，面向一个全新的未来。老奶娘拒绝告诉阿德里安娜其父年轻时代的不幸爱情，同时还将他的旧情人称为"疯子"（Morales，1985：44）。在讨论过渡时期的历史回忆时，学者让·拉蒙·雷西纳提出了选择性回忆的说法，认为"当前的政治实际上是关于哪部分历史可以被公开，哪部分必须被人们暂时遗忘的问题"

（Resina，2000：86）。老奶娘的选择性回忆恰恰让我们想到了雷西纳的理论。艾米丽亚详细地回顾了少爷的童年、少年和青年，但是将他生命中的关键人物——他的旧情人葛洛莉亚·巴耶——排除在外。葛洛莉亚是了解父亲往事的关键人物，这不仅仅因为她曾经在父亲的情感生活中占有一席之地，更因为去看望她是父亲生前未竟的愿望。在父亲旧情人的斑驳而老旧的房子前，阿德里安娜觉得自己是替父亲在完成他的未竟之旅，"你的目光陪伴着我进入空荡荡的走廊和阴森森的屋子"（Morales，1985：46）。阿德里安娜完成了父亲生前没有勇气进行的旅程，从而实现了父亲未尽的心愿。

如果说南方之旅是阿德里安娜完成自己对亡父哀悼的情感替代之旅的话，那她对葛洛莉亚的拜访则进一步转移了她对父亲的牵挂。在葛洛莉亚家中，她不仅遇见了父亲的老情人，同时还见到了一个叫米格尔的对父辈往事毫无兴趣的男孩——文中暗示可能是她同父异母的兄弟。米格尔在不知道阿德里安娜真实身份的情况下，在自己的日记里表达了对这个陌生女孩的爱慕。无意中得知米格尔心思的阿德里安娜给他的留言是"我也爱你"（Morales，1985：52），接着她就不辞而别了。通过表达对米格尔的亲近之情，阿德里安娜将自己从情感上和这个男孩联系起来。而她最后选择离开了南方，她的主动离开象征着她在这份感情中占据了主动的位置，也就是说，她将不再重复自己童年的经历：童年的她情感上受制于她深爱着的父亲。阿德里安娜最终以这种方式结束了她的南方之旅。

阿德里安娜的旅程始于父亲的遗物，也终于父亲的遗物。和她在南方的老房子里见到父亲遗物时的敏感不同，当她再次回到北方的房子时，那些她和父亲共同生活过的痕迹已经无法引起她对过去的任何感伤了。在小说末尾，叙述者以平静的口吻描述着眼前的一切，"一张象棋盘、几张天鹅绒靠背椅、空荡荡的角落、墙上的画、破旧的台灯、紧闭的窗户、斑驳的墙壁……这些东西已经没有任何生命了。整个屋子就像笼罩在你留下的死亡的气息中"（Morales，1985：52）。面对着这些，阿德里安娜肯定地说："你和我之间的分离，随着你的死亡，已经永远地无可挽回了。"（Morales，1985：52）于是，她平静地面对了父亲的死亡并走出了父亲之死留下的阴影，也就是说，她真正完成了对父亲的哀悼。

遗物或者废墟从本质上说和讽喻相关。本雅明指出，"讽喻对于思想领域的意义就如同废墟之于万物"（Benjamin，1999：177-178）。阿德里安娜在父亲留下的遗物中搜寻，就是想发现父亲死亡的原因。类似地，以讽喻的角度分析战后童年的回忆，我的目的在于揭示隐藏于作品背后的关于历史以及当下的政治思考。两种行为的实质都在于从掩饰的面具中挖掘出真相。叙述者理解了自己的童年旧事并完成了对父亲的哀悼，而我作为分析者也意识到作者作为战后儿童的立场：她赞成挖掘出痛苦的往事，但并非要沉溺其中，而是要借此接受历史，并且不让它影响到当下。叙述者关于过去的态度清晰地昭示了这一立场。叙述者阿德里安娜需要面对过去——她自己的过去以及父亲的过去——因为她的生活完全被父亲的阴影所笼罩，但同时她又对米格尔隐瞒了这一切，只因为后者的当下丝毫不受过去的干扰。

通过拜访父亲的故居、居住在他曾经生活过的地方、在周围搜寻他留下的痕迹并且和从小带大他的奶娘聊天，阿德里安娜彻底完成了对父亲的哀悼。和阿德里安娜不同的是，影片中小女孩埃斯特雷利亚完成哀悼的方式不是通过一次现实的旅程，而是一次想象之旅。她从母亲以及来访的父亲的奶娘米拉格罗斯那里听到了关于父亲的只言片语。基于收集到的残缺信息，埃斯特雷利亚借助想象以拼凑父亲的过往。学者尼莫在比较过电影版本的《南方》和它的小说原著之后提出："小说里，所有的信息都通过小女孩传递出来，阿德里安娜从来没有给出过她视野之外的任何信息。但是在影片中，这种连贯性和内在逻辑有两次被打破。"（Nimmo，1995：43）尼莫所指的两处不合逻辑的镜头包括父亲去看电影以及父亲给旧情人写信的内容。尼莫得出结论，认为这种问题的出现"完全是因为电影拍摄中途被叫停"（Nimmo，1995：44）。"叫停"指的是，影片的制片人埃利亚斯·格蕾赫达（Elías Querejeta）曾经在电影《南方》第一部分拍摄结束后因为资金短缺紧急叫停，主人公的南方之旅未来得及拍摄。导演埃里塞重新剪辑了已完成的部分，将影片送往夏纳并获得了好评。将影片和小说放在一起分析后，我认为电影镜头的视角转换并不影响影片的内在逻辑，相反这一转换带来了新的意义。具体地说，这些超越了主人公视野的场景都通过象征性的镜子或者玻璃来表现，而这些恰恰可以解读为主人公的想象。埃斯特雷利亚通过她的想象构建了父亲的往事。从导演的剪辑结果来看，我认为这个当年未完成的第二部分根本不需要，也就是说，缺失的南方之旅并不影响影片情节的完整性。

埃斯特雷利亚的想象源于母亲对父亲的故乡和往事的简短描述。通过母亲的信息，小女孩将父亲的故乡南方想象成父亲——一个战败的共和国派分子——失去的天堂。母亲对南方的描述始于一个童话般的开头，"南方，从来都不下雪"（Morales，1985：

28)。母亲温情而安宁的声音与窗外凛冽的寒风和飞降的大雪形成了强烈的对比。母亲描述中的南方和镜头下现实的北方的对比突出了南方的美好和北方的严酷。母亲接着说,父亲是因为和他的父亲不合,在一次激烈的争吵后毅然离家了。拍摄这个画面使用的正反打镜头在埃斯特雷利亚和母亲之间来回切换。这种镜头语言一般用于观察并且强调谈话中听者的反应。因此,当说话者开口时,镜头一般对准听者以捕捉她的反应。但是在埃斯特雷利亚和她母亲的谈话中,镜头一直对准的是说话者,也就是说,镜头强调的是信息如何在母女之间传递。当母亲说,"你爸和你爷爷从来都不和。有人说他们之间的关系就像猫狗不同家一样"(Morales,1985:40),母亲的身体朝着女儿的方向前倾,并压低了声音,似乎是在透露某个惊天秘密。母亲关于南方的描述以及她营造的关于父亲往事的神秘氛围激起了埃斯特雷利亚的想象。听完母亲的叙述后,埃斯特雷利亚开始憧憬起她从未去过的南方。在她的想象中,和干旱贫瘠且冷酷的北方相比,南方应该是郁郁葱葱、温暖如春的。她收集了许多描绘南方景象的明信片来填补她的想象空间。这些官方发行的明信片体现了战后佛朗哥政府对南方民间文化的宣扬。南方被描述成充满异域风情的地方,喷泉、弗拉明戈舞、劳作的农人、诗人和身着传统服装的舞娘。佛朗哥政府宣传的是南方的传统文化,利用南方的歌谣和诗歌为佛朗哥政府的右派政治分子歌功颂德(Ortiz,1999:470-80)。此外,佛朗哥政府同时还大力宣扬淳朴的乡下人形象,将他们作为西班牙人民的代表以掩饰阶级和地区差异。具有讽刺意味的是,当佛朗哥政府宣扬一个和平安乐的南方形象以粉饰战后独裁时,《南方》的导演埃里塞却将这一南方形象与眼前冷酷的现实世界进行对比以瓦解过去的欺骗性宣传。电影中，纯真的小女孩无比向往地注视着明信片上如画的风景，与此同时，镜头对准的是窗外的景象：和小女孩想象中生机勃勃的南方形成鲜明对比的是，在她北方的家的庭院里，喷泉里的水永远结着厚厚的冰。

南方的形象在米拉格罗斯的描述中加深了其政治性。在这位老奶娘的描述中，南方酷热无比，许多人为了理想而战，也为了理想献出生命。如果说小说中阿德里安娜受到的不公正待遇反映了作者对当时社会以及独裁政府的强烈批评，那么影片却采取了一种更调和的立场。这种立场可以在米拉格罗斯对于战争和战后官方镇压的表述中窥见一斑。根据米拉格罗斯的说法，战争中没有对错，人们只是为了不同的意识形态而战。此外，佛朗哥派的政治迫害会是所有战胜者的选择。在一个特写镜头中，米拉格罗斯感叹道："他们俩（阿古斯丁和他的父亲）进入了一个死胡同，直到现在还各自执着不肯回头。"她的这番感慨是面对镜头而发的。下一个反打镜头突出了年幼的埃斯特雷利亚对这番感叹的迷茫。尽管埃斯特雷利亚当时并不能真正地理解这番话，但是她似乎接受了老太太关于战争和战后独裁的看法，因为当她的祖母和米拉格罗斯离开她们回南方时，叙述者的画外音解释道："从那天起，当我想起南方，这两个女人的形象就浮现在我眼前。"如果说南方象征着父亲战前和战后的过往，那么米拉格罗斯关于战争的言论则成功地传递给了小女孩，并通过镜头语言传递给了银幕前的观众。当埃斯特雷利亚想到父亲的往事时，她想到了南方；当她想象南方时，她想起了米拉格罗斯关于战争的描述。

埃斯特雷利亚利用她收集到的信息，通过想象虚构了一幅关于南方的图景。她用同样的方式重构了父亲和旧情人的情感故事。影片以她的视角，不仅展示了她声称亲眼见到的场景，也展示了她所想象到的。在影片的开头，父亲在预测未出世婴儿的性别时，叙述者的画外音就说这幅景象是她想象的。换句话说，叙述者的旁白解构了她所有回忆的可靠性，暗示了影片之后的部分可能有更多想象的场景。所有这些超越埃斯特雷利亚视野的场景都有同样的特点，即运用某种玻璃的形式来表现她的心理状态。马尔科姆·坎皮德罗曾经发现，"影片《南方》里出现了大量的镜子和窗户"，他认为导演用这些镜子"表现双重镜头"。而我认为这些有镜子或者玻璃的场景暗示着小女孩的想象。

　　埃文斯和菲迪安将父亲旧情人劳拉的信与小女孩的焦虑进行对照，认为："埃斯特雷利亚将自己的幻想、内疚投射到劳拉这个形象上。"（Evans & Fiddian, 1987：132）我同意他们的见解，并将进一步补充分析埃斯特雷利亚的想象是如何通过镜头表达出来的。埃斯特雷利亚和父亲旧情人的第一次相遇是在电影院里——一个充满了想象和幻想的场所。在踏入电影院之前，埃斯特雷利亚通过一扇玻璃门看到了悬挂在大厅里的宣传画。这扇玻璃门上缀满了金属的装饰性小星星——埃斯特雷利亚（Estrella）在西班牙语里就是"星星"的意思。更巧合的是，父亲的旧情人劳拉是一个电影明星，她在影片中出现在影院的大银幕上，作为女主角坐在镜子前，观众只能看到她在镜中的影像。小女孩还想象了父亲和旧情人通过银幕的相会：埃斯特雷利亚想象父亲坐在电影院里，看着银幕上的旧情人，并且将自己代入了银幕上的男主角。

　　当阿德里安娜选择去父亲的故乡面对父亲的过去时，埃斯特雷利亚选择将真实的信息和想象相结合从而重构了历史。通过不同的方式，两位叙述者都完成了对亡父的哀悼。阿德里安娜终于接受了父亲已死亡这个事实并承诺会拜访他的坟墓。在将对父亲的牵挂转移至艰难的南方之旅后，阿德里安娜接受了过去，打破了父亲留下的对过去的沉默。埃斯特雷利亚在影片末尾也接受了父亲的死亡。换句话说，埃斯特雷利亚通过想象重构了一个被父亲的不幸往事笼罩的童年，从而获得了平静，这一点通过叙述者平稳的画外音传达了出来。

　　作者和导演通过应对历史的不同方式在20世纪80年代初表达了同一个"不合时宜"的观点：西班牙需要先面对历史才能真正地让它成为过去。西班牙外交官何塞·彭斯·伊拉萨撒瓦尔（Josep Pons Irazazábal）在谈到菲利普·冈萨雷斯的执政时说："我学到了一点，就是要在合适的时候提合适的政策，既不能早也不能晚，这点在政治上很重要。我从菲利普·冈萨雷斯身上学到了这个，还有就是，你不仅仅要有充足的理由，还得学会让别人接受你的理由。"分析完小说和影片《南方》里作者和导演表达的政治观点之后，我想在伊拉萨撒瓦尔的政治评论中补充一点：政治的时机毫无疑问是至关重要的，但是表述政治观点的方式也同样重要。具体地说，在两部作品中，叙述者对童年的理解以及对亡父的哀悼成为一种面具，并借此成功地隐藏了他们对于历史和当下的政治观点。在童年回忆的面具之下，作者和导演将他们看起来似乎"不合时宜"的政治观点公之于众。

第三章

20世纪末的批判性怀旧

——安德烈斯·索佩尼亚·蒙萨尔韦的回忆
《鲜花环绕的花园》(1994)

我是通过一场戏剧演出接触到安德烈斯·索佩尼亚·蒙萨尔韦（Andrés Sopeña Monsalve）的书《鲜花环绕的花园》。2007年夏天的马德里迎来了著名的巴斯克唐塔卡剧团（Tanttaka Teatroa）的演出，场场爆满。我有幸排队买到了最后一场演出的一张票。剧场里座无虚席，尽管之前已经连续演过六场了。在离开剧院之前，我开口问我身边一起来的几位观众："嗯，你们喜欢这部剧吗？"其中一位回答我："啊，喜欢啊，非常喜欢！这是我们几个老哥们第三次看这个剧了。我们觉得超级有意思，它让我们想起了我们的童年。""佛朗哥主义的童年？"我问道。"不，不，我们的童年……也对，佛朗哥统治下的童年……但还是我们的童年。"他们很努力地试图要区分他们在战后经历的童年和佛朗哥政府规范下的童年。于是，他们中的一位推荐我读安德烈斯·索佩尼亚·蒙萨尔韦的回忆，这部剧就是改编自他的回忆录。当时，我的对话者们大约60多岁。我不了解他们的政治倾向，但是很明显，回忆录和戏剧表演唤起了他们的怀旧情绪，让他们想到了自己的童年时期。但同时，这本书明显带有强烈的反讽（parody）色彩，对佛朗哥统治下民族主义的、天主教主导的童年持一种批判态度。

实际上，市场研究显示童年怀旧情绪在20世纪90年代中期直接促成了《鲜花环绕的花园》这本书的畅销。根据包括《ABC报》（ABC）、《先锋报》（La Vanguardia）、《世界报》（El mundo）、《理想报》（Ideal）在内的西班牙主要报刊当年的出版数据，这本书在1994年至1995年期间数次蝉联销售榜冠军。第二版在第一版出版后七个月就面世；在短短的1995年至1997年，该书一共再版了四次。1996年开始，巴斯克唐塔卡剧团将它搬上戏剧舞台，上百万的观众观看了这部戏；电影版，由著名导演胡安·何塞·博尔多（Juan José Porto）执导，2002年3月和观众见面，票房纪录是"第一个月内就卖出了250万张票"（Martín – Márquez，2004：739）。

从20世纪90年代中期发表的评论和批评文章来看，受众主要是50多岁的西班牙人，书中的内容带着他们回到了战后的童年时期，回到了和书中描述得一模一样的当年的课堂。就像我的对话者们在剧场里指出的那样，他们很喜欢这本书和这部剧，因为他们认出了书中许多的内容就是他们当年在学校里学到的内容，这不由得让他们想到了自己的童年往事。卡马拉·比亚尔（Cámara Villar）在《鲜花环绕的花园》一书的序言中提醒这些读者："这本书有许多节选和片段会让我们许多人觉得非常熟悉，那种熟悉感就像自己的家人孩子带给我们的熟悉感一样，而这些片段会将我们带回那些年的最初的梦想、游戏、欢笑、成功和失败、痛苦、悲伤和各种各样的阴影（因此，小心自己的忧伤的情绪）。"（Villar，1994：15）

作为少数的从学术的角度研究《鲜花环绕的花园》这本书的学者之一杰萨米·哈维（Jessamy Harvey），将这本书和20世纪90年代后期在西班牙出版的大量的战后小学课本的仿真本放在一起比较，并得出结论说前者纯"批判性的"而后者纯粹酝酿一种"怀旧"情绪（Harvey，2001：117）。20世纪90年代中后期西班牙重新兴起了一股浓烈的怀旧情绪，而怀旧的对象则是佛朗哥主义统治下的民族主义的、天主教控制的童年。哈维基于她观察到的强烈对比认为，20世纪90年代中后期"西班牙人正在从批判性的读者（也就是《鲜花环绕的花园》的读者）过渡到完全怀旧的不加任何批判的沉溺者（指的是佛朗哥独裁时期小学课本的仿真本的消费者们）"（Harvey，2001：120）。哈维的论断和我在西班牙剧场观察到的现象并不吻合，而且和当时媒体上的关于《鲜花环绕的花园》的报道也相异。当我们检阅那些年间媒体或者书评人对于这本书的评价时，会发现无论是在"左倾"还是右倾的媒体上，都能看到大量关于该书如何引起大家的怀旧情绪的报道，类似于"怀旧的回忆"（*Cámara*），"完全是怀旧的基调"（*Torres*），"我就跟在镜子里照见了自己的过往似的"（*Kortazar*），"一本适合年近半百怀旧的人看的书"（*Tapia*），"一本让人喜欢的书……适合我们这些已经不再年轻的人"（*Torres*），等等。怀旧和批判（或者反讽）本质上并不一定是互相排斥的。我认为这两种看起来相反的倾向和情绪是可以共存的，索佩尼亚的书正是二者共存的最好例证。在《鲜花环绕的花园》里，反讽和怀旧都同时既指向过往也指向现在。这本回忆录批判了佛朗哥时期的教育——也批判了法西斯专政——与此同时，它的批判矛头也指向了20世纪90年代中期西班牙完全以市场为主导的政治和经济政策，作者正是在20世纪90年代中期出版了这本书。这部作品引起了人们对于自己童年的怀旧性回忆，而这种怀旧的过往往往掺杂着当下的种种情绪和关注。分析这本书，我关注作者如何重构佛朗哥主义下的教育，也同时关心在重建往事的过程中流露出的强烈的对当下的看法和反思。怀旧和反讽的概念都需要进一步澄清和定义，而这两个概念相互交织，将过去和当下紧密地联系在一起。这本回忆录，虽然利用了儿童的叙述口吻，却是从成人的当下的视角来既怀旧又讽刺20世纪四五十年代佛朗哥统治下的民族主义的、天主教控制下的童年，对于佛朗哥统治下童年本质的揭示也处处流露出作者对于20世纪90年代中期的种种政策的看法。

　　文化批评家们经常将怀旧认为是理想化的、退步的一种情绪，认为它想象并痴迷于一个安全而稳定的过去，这种对虚幻往事的执迷让人们不再关注当代的问题和历史的冲突。例如弗雷德里克·詹姆森（Fredric Jameson），他就认为怀旧是一种"堕落"的情绪，认为像《体热》（*Body Heat*）和《星球大战》（*Star Wars*）一类的电影都是反历史的后现代文化产物，认为它们鼓励了一种理想化的过去，并且阻止观众面对当下的现实（Jameson，1998：117）。哈维认为佛朗哥时代的教科书现在重印的仿真本"怀旧"，尽管她没有解释她的怀旧到底有什么内涵，但是从她的口气来看，她无疑是认同詹姆森对于这个概念所持的否定态度。我同意说怀旧的目光投向过往，但是我认为怀旧的情绪可以比一个被动的往后看的视界更复杂。它并非懦弱而逃避的，尤其是当怀旧和批判交织在一起的时候。

怀旧（nostalgia）这个词的词源有助于解释它的内涵。这个词有两个希腊语词根——nostos 和 algia。Nostos 是"回家"的意思，algia 意思是"痛苦"。没有满足或者有时候无法满足的回家的欲望让人痛苦。于是，怀旧这个词至少有两种内涵，取决于我们重点强调哪个词根。第一种内涵和过往有关，指向"家"的概念。而第二种，也是更重要的一种，强调了情感的冲击和情绪的牵引，更多地指向欲望本身而不是欲望的对象。欲望来自距离，无论是空间还是时间的距离，因为当一个人在家的时候，他/她通常不会感受到想家的怀念情绪。也就是说，这个被怀念的家是一个想象的建构，受欲望和距离的影响。

怀旧可以包含悖论的元素。拉开距离往回看的时候，我们可能会同时思念家乡（homesick）和厌倦家乡（sick of home）；"批判性怀旧"就来自这一对似乎自相矛盾的情感（Boym，1995：50）。文化历史学家斯威拉纳·波伊姆（Svetlana Boym）在《怀旧的未来》一书中提出了"恢复性怀旧"（restorative nostalgia）和"反思性怀旧"（reflective nostalgia）这两种截然不同的怀旧情绪。根据她的分析，前者目的在于"恢复其最初的停滞状态，回到史前的原始状态"，而后者强调"过去的存在期限及其不可逆性"（Boym，1995：49）。波伊姆强调的批判性怀旧为我们分析《鲜花环绕的花园》提供了一个有效的工具。确切地说，索佩尼亚的作品并非旨在要恢复佛朗哥主义设计的那个民族主义的天主教控制下的标准模范童年；相反，它一方面唤起了读者对于流逝或者缺失的童年的渴望，而另一方面，引领读者去反思他们许多人在战后时期接受的童年教育。波伊姆用反思性怀旧来分析了一批苏联流亡作家的作品，这些作家包括弗拉基米尔·纳博科夫（Vladimir Nabokov）、约瑟夫·布拉德斯基（Joseph Broadsky）和伊利亚·卡巴科夫（Ilya Kabakov），波伊姆提出"渴望和批判性反思并不总是截然相反，因为带有强烈情感的亲切的回忆中许多时候也夹杂着同情、判断和批评"（Boym，1995：50，259-327）。这些流亡作家带着对苏联压抑的回忆离开祖国，多年后他们在流亡的国家回头重新建构自己的家园或者童年。远离故土的他们笔下充满了对于苏联的各种批判和谴责，但是同时，他们也怀念失去的那个曾经温暖的家园。他们重新构建的家园通常是充满"讽刺的，片段性的……幽默的"（Boym，1995：49-50）。

距离在分析怀旧作品，无论是哪种性质的怀旧时，都是关键性因素之一。距离对于苏联流亡知识分子来说至关重要，他们因为怀旧的缘故而回忆，并通过文字重新建构了过往的家园，但因为他们曾经受过迫害和压制，他们也批判或者谴责这个他们建构的家园。与此相类似，距离对于索佩尼亚也很重要，他作为成人回忆他在内战后经历过的民族主义的天主教控制下的童年。如果我们说苏联流亡者重建他们怀念的家园是基于空间上的距离——他们流亡异国他乡，已经远离故土——这个距离出于政治原因是他们无法克服的，那么索佩尼亚笔下的怀旧的童年更多的则是基于时间上的距离，而这个距离也同样无法克服。确切地说，流亡的知识分子由于政治原因无法回到故乡，而索佩尼亚也无法让时间倒流回到童年。类似地是，索佩尼亚和这些苏联知识分子一样，对于过去有着充满压抑的回忆，那是佛朗哥法西斯独裁统治下的高压控制下的童年。佛朗哥儿童被官方机构灌输了民族主义和天主教教义，并且被要求绝对服从。但是，通过寻找日常生活中简单的快乐并将此作为对政治和意识形态压制的无声反抗,年幼的索佩尼亚和他的伙伴们度过了艰难的战后时期。将近50年之后,当独裁者早已死去,这些孩子们年近半百的时候,安德烈斯·索佩尼亚·蒙萨尔韦代表他们通过一个儿童叙述者的口吻再现了童年往事,而文中的年幼的叙述者/主人公正是以作者自己的名字命名的。借用一个儿童叙述者,成年的作家传递了他对于过去复杂的既怀旧又批判的情绪:唤起对过往的怀旧情感,同时又阻止人们沉溺于不加反思的怀旧之中。

索佩尼亚通过20世纪四五十年代佛朗哥主义下的学校教育的反讽来反思佛朗哥主义下的童年,他通过反讽和批判阻止人们沉溺于一个虚幻而美化的过往中。反讽,实际上主导了《鲜花环绕的花园》这本混合题材的作品:它以既有的文本和段落为基础,并将其与作者关于这些文字的评论以及作者的个人经历结合在一起。这种混合题材也可以称为仿作(pastiche),是琳达·哈琴(Linda Hutcheon)所指的后现代的反讽(parody)而不是詹姆森描述的反讽。詹姆森将后现代的互文中的反讽称为是"空白的反讽,一种目光空洞的状态"(Jameson,1991:17)。他认为反讽是纯粹的自恋,是"消费资本主义本身的一个糟糕的标志,或者说至少它代表了一个无法面对自己的时间和历史的无能的社会,这种标志是可悲可叹的,也应该引人警醒"(Jameson,1998:10)。不同于詹姆森,哈琴认为"通过借用和讽刺的双重过程,反讽标志了当下的表达方式和内容如何来自过去,以及这其中包含的连续性和差异性会产生什么样的意识形态后果"(Hutchen,2000:93)。就像波伊姆提出的批判性怀旧一样,哈琴的后现代反讽同样强调了历史的连续性、过去的延续以及过去对于现在的意义。

在《鲜花环绕的花园》一书中，索佩尼亚·蒙萨尔韦直接借用了20世纪四五十年代官方教科书中带图片的材料，展示了战后小学采用的教学方式，这种教学方式用来灌输并强化天主教教义。通过儿童叙述者和他的同伴们看似幼稚的对话，作者揭示了战后西班牙官方教育教给儿童们的荒唐内容，而儿童们被要求由此了解世界、了解西班牙。佛朗哥统治下的西班牙就像那些年的国歌里唱的那样，像"鲜花环绕的花园"。作者正是通过这种方式来拒绝20世纪90年代中期佛朗哥主义的复兴，而当时在西班牙工人社会党领导下的左派政府在以市场为主的政策驱使下，不提倡讨论还粉饰过往的历史。

显然，关于民族主义的天主教童年教育的批判性反思并非发自20世纪四五十年代的儿童叙述者，而是来自20世纪90年代中期的作为成人的作者。换句话说，要分析叙述者的反讽声音实际上是要分析作品中传递出的成人的欲望和关注。这种分析方式和角度对我们了解《鲜花环绕的花园》一文大有裨益。学者埃尔兹别塔·斯克洛多夫斯卡（Elzbieta Sklodowska）在分析反讽作为一种文学模式的流变时提出："反讽作为一种修辞手法的复兴……是和浪漫主义美学的没落有关，与此伴随的还有对于文艺创作意图兴起的兴趣。"（Sklodowska，1991：21）在《鲜花环绕的花园》一文的"前言"章节中，作者坦诚道："我有幸作为亲历者，我觉得我有义务要讲述出来……但是，更确切地说，不是我。实际上，我在挖掘关于年幼时期的我的记忆"（Sopeña Monsalve，1994：31）。作为成人的作者借用儿童的口吻来表达他自己曾经经历过的童年。当谈论到文中的语言和表达方式时，作者说他有意选择"一个成长在20世纪四五十年代西班牙的儿童可能会用的词汇和句法，并且用它们来表达儿童般的对于社会、文化以及当时的政治制度的思考"（Sopeña Monsalve，1994：1）。这个声明清晰地承认，反讽实际上是他作为一个成人发出的反讽，是作为成人的他在模仿儿童的口吻，这就让我们觉得有必要在索佩尼亚对过去的重构中探索当下的意义和影响。索佩尼亚从现在的立场和理解出发，唤起人们对于往事的怀念，同时又利用现在和过去的距离对过往进行反讽。由此，他引领着他的同代人对于战后他们经历过的童年以及被强制灌输的教育内容进行批判性反思。

意图分析不仅仅适合用来审视这部作品的反讽内涵，同样也呼应了我持有的童年建构观。我认为，童年终归来说是一种建构，如何建构童年取决于建构者当前的欲望和关注。建构观对于我们分析艺术中的童年再现方式尤其有效，因为它不仅仅揭示了童年回忆是如何在一定的社会和文化环境下产生的，同时也反过来从社会和文化层面参与了童年话语的建构。童年历史学家阿里耶斯观察到，从18世纪以来关于童年纯洁的概念就长盛不衰，阿里耶斯认为"这种观念来自两种对待儿童的态度和行为：首先，守卫儿童让他们免于受生活污染……其次，通过锻炼他们的性格和思维来强化他们"（Ariès，1962：119）。在某些文化和社会中，儿童世界被认为是纯洁的、不参与成人世界的、无忧无虑的世界。而在《鲜花环绕的花园》一文中，作者从读者通常持有的儿童纯洁论出发，紧接着以他重建的童年世界来颠覆这种概念，在他建构的童年中，儿童具有质疑学校教育、质疑意识形态强制的能力。换句话说，书中的儿童被建构成主动的主体，能够积极抵制佛朗哥主义对他们思想和行为的强制规范。

索佩尼亚通过儿童叙述者来质疑佛朗哥主义的学校教育，进而批判佛朗哥主义。教育在佛朗哥政府对于新政权的建构中起到关键的政治作用。这一点在《帝国荣光》（Glorias imperiales）这本书的前言中得到很好的佐证，《帝国荣光》是路易斯·奥尔蒂斯·穆尼奥斯（Luis Ortiz Muñoz）为学校儿童创作的一本战后官方宣传故事书。在该书的前言，作者用大字强调道："新西班牙的胜利首先要表现在对校园的征服上。"（Ortiz Muñoz，1941：7）这一声明呼应了当时国家教育体制的最高目标。1939年底，当时的佛朗哥内阁成员、国家调查局局长何塞·伊万尼厄斯·马丁通过全国广播向西班牙人民宣告："我们的国家的伟大政策、坚定不移地要执行的政策和教育行为紧密相关，根据教学的基本原则，教育要深入儿童和青少年。不完成这一点，新西班牙的建立就失去了意义，并且国家也不可能长治久安。"（Beltrán Llavador，1991：95）换句话说，对于学校教育的掌控成为战后佛朗哥政府的首要关注目标。

为了确保对于学校教育的控制，同时保证学校能够服务于新政权，佛朗哥政府清洗了所有与战前合法政府第二共和国有关的人和物。1936年9月4日，佛朗哥政府下令在全国的图书馆和学校搜查所有散布社会主义和共产主义思想言论的材料（Beltrán Llavador，1991：59）。政府不仅下令销毁了所有潜在的有害资料，还取消了世俗教育，并且实行男女分校。小学教师，尤其是私立学校的小学教师同样也遭到了清洗。根据哈维尔·图塞利（Javier Tusell）的数据，官方大约驱逐了15000—16000名小学教师，这个数字是当时全国所有小学教师总数的四分之一，被驱逐的这些教师中，有6000人被判处终身剥夺执教资格（Tusell，2007：25）。奥尔蒂斯·穆尼奥斯在《帝国荣光》前言里的言论可以看作政府公开驱逐学校教师的官方理由,他写道:"一整代的学校教师都被左派思想污染了,他们试图要将情感从历史中剔除出去,并且在教育中错误地不遗余力地给儿童灌输那些关于我们伟大祖国的不正确的看法。"(Ortiz,1996:7)为了从学校里彻底清除第二共和国的影响,佛朗哥主义主导下的学校教学以排除异己为主要特征:被排除的内容包括不同的政治理论、不同的哲学思想、不同的宗教以及对西班牙历史的不同解释,而最后一点尤为严重。战后政府通过这些举措来推行完全封闭的闭塞教育,并以此加强当时的国家主导政策——经济和政治上的完全闭关锁国。

排斥异己和排外并不能保证西班牙内部各种政策的统一性。民族主义和天主教主导是所有政策和思想的综合,而在佛朗哥主义内部有着不同的政治团体。在此值得引用本雅明·奥尔特拉(Benjamin Oltra)和阿曼多·德·米格尔(Amando De Miguel)的一段长论述来解释这个意识形态大杂烩里混乱的构成部分:

> 传统的保守派和极右派分子凑成了积极反革命的成分,还有反城市的乡村意识形态、反自由化思想、军国主义思想、好战倾向等等这些都集中在了一起。同时在后期也慢慢有了革新的意识形态,这一阵营里包括国家主义思想、发展技术的倾向、国家资本主义和其他一些民粹元素。天主教徒、拥护君主制的人们还有一些传统分子积极推广西班牙帝国的神秘主义、民族主义,并狂热地反对那些所谓的"反西班牙分子"(包括共产主义、社会主义以及共济会)。长枪党人和法西斯分子构成了国家的执政群体,强化了阶级和阶层等级区分、军队专权,并有人奉行乌托邦似的第三条道路

（非资本主义非共产主义）。最后，这些政党和天主教群体给国家带来了宗教控制，并且以天主教大家庭作为全国的共存模式，而其中家庭的概念起了决定性的作用。（Oltra & De Miguel，1978：68）

迥异的政治成分构成了在民族主义和天主教控制下的佛朗哥统治时期的意识形态基础，这种状况也导致了各种教条之间的种种内部矛盾，这些矛盾在学校教材中表现得尤为明显。

佛朗哥主义是一盘意识形态的大杂烩，其中有两种成分占据了主导地位：它们是长枪党的法西斯主义和天主教教会。根据斯坦利·佩涅（Stanley G. Payne）的研究，内战中在佛朗哥占领区域最广为传播的关于政治意识形态宣传的书是《什么是新的？》(¿Qué es lo nuevo?，1938），作者是何塞·贝尔马尔丁（José Permartín），他宣扬："简单地说，法西斯主义是黑格尔民族和国家论述的结合体。因此，如果西班牙是民族国家，那就应该是信奉法西斯主义的，同时，西班牙民族必须要信仰天主教。"（Permartín，1937：8）而1937年长枪党出版和宣传部门负责人就是个来自纳瓦雷地区的教士——费尔明·伊苏尔迪亚加（Fermín de Yzurdiaga），他致力于推广民族主义的天主教会控制的国家管理政策，他的口号是"为了这个面向上帝的帝国而奋斗"（G. Payne，1984：206）。

教会在教育体制中地位上升以至于最后控制了全国的学校教育，这一过程是和国家的去长枪党化政策（*desfalangistización*）以及长枪党人的热情被日渐消耗殆尽相伴随。1945年随着第二次世界大战结束，法西斯政权在全球范围内的彻底溃败，长枪党在西班牙的教育界也慢慢失去了影响力。1945 年 7 月 17 日,佛朗哥政府在全国范围内颁布新小学教育法案(*la nueva Ley de Educación Primaria*),该法案确立了教会在全国教育系统中的领导地位。根据这一新法案,"要在学校内强制宗教教育,教师队伍要坚定宗教信仰,所有的学科都要由天主教精神指导,教会监视并督促全国教育实践,包括所有的公立和私立学校"("La nueva Ley")。虽然关于长枪党的内容还没有从教科书上删除,但是所有关于法西斯起源以及法西斯国家意识形态的种种内容已经从学校教育中彻底消失。《鲜花环绕的花园》一书通过儿童索佩尼亚在课堂上的朗诵来描述了教材内容的这一变化。儿童叙述者需要朗读一段历史教科书《西班牙就是这样的》(*España es así*)里的段落,但是他拿错了书本,拿成了第二次世界大战前的旧版,也就是 1942 年的版本,他读到:"这些伟大的领导了这场战役的国家是我们的朋友,德国、意大利、日本……"(Sopeña Monsalve, 1994: 206)。但是在小索佩尼亚还没有读完的时候,教士也就是课堂上的教师就朝他大声吼叫,迫不及待地从他手里一把抢过他的历史课本,塞给他一本新版教科书,让他从新版课本中朗诵这段话的升级版。于是,儿童意识到,那些和西班牙友好的法西斯国家已经从 1948 年的新版历史教科书中消失了。

所有的学校教育都强制性地带有天主教的内容,日历上画满了各种宗教节日和庆典。卡马拉·比利亚尔是这么回忆 20 世纪 40 年代的日常校园生活的:"一进教室,所有的同学都以'万福玛丽亚'来打招呼,然后是宗教颂歌,中午的时候要诵读祈祷文……有的午后,尤其是周六的午后,所有人都要参加读经,要读福音书,有时还要参加各种各样的教会仪式祷告庆典等等,除此之外我们还

要学习圣经以及教义书，还必须会背诵玫瑰经和各种各样的祷文。"（Sopeña Monsalve，1994：18）

除了天主教教育之外，民族主义对于佛朗哥政府来说也至关重要，因为新政权需要人民认同它并努力为之奋斗。西班牙内战的结束中止了从19世纪以来的左派和右派之间的公开对立：幸存的左派在战后被残酷镇压，而在战争中胜利的右派按照他们的意志重新组建了政府。从战争的废墟和残骸中崛起的新政府为了确立政权的合法性，为这个国家编造了一个光荣的过去，并且将自己树立为那个遥远的光荣帝国的天然继承者以及捍卫者。因此，历史教育——胜利者书写的历史——就成为重要的手段，服务于新政府的这一重要目的。1952年版的三年级教科书《阿尔瓦雷斯百科全书：三年级》（*Enciclopedia Álvarez：tercer grado*）中的第一章是"史前人类"，紧随其后的章节题为"西班牙历史"章节。在该章节中，学生被教导"西班牙是人类历史上对于世界文明贡献最大的国家，西班牙也是全球历史上最有影响的国家"（Álvarez，1954：401）。此外，书中还写道："'西班牙历史'这一章节客观地收录了西班牙人从远古时代到今天的所有成就。"（Álvarez，1954：402）教科书的编撰者大约忘记了远古时代并没有西班牙人这个概念。基于这些爱国主义言论，全国小学教育部门负责人罗穆阿尔多·德·托莱多（Romualdo de Toledo）在1939年3月5日发表了一个国民通告，骄傲地向全国人民宣布"再也没有人能够轻视西班牙了"（Beltrán Llavador，1991：60）。佛朗哥政府通过学校教育向儿童灌输他们认为正确的理念，而儿童被要求绝对地服从。

索佩尼亚通过引用20世纪四五十年代教科书里的内容，来引领和他同代的西班牙人回忆起战后的童年，也同时通过这些引用的内容来揭露他童年接受的佛朗哥主义教育的欺骗性。在《鲜花环绕的花园》一书的几乎每一页，作者都引用了当时教科书里的某些段落或者句子，这些引用的部分就成为作者反讽的目标和对象。哈琴曾经将讽刺的姿态和颠覆性的引号联系在一起，她提出"讽刺就像是说了一件什么事情，然后又在这件事情上加个引号。效果是强调，或者'强调'，以及颠覆，或者'颠覆'，这种方式就是'告知'并且以讽刺——或者'讽刺'——的方式告知"（Hutchen，2000：1-2）。索佩尼亚正是以同样的方式，从战后学校教科书中引用原文，并试图从这些引文中分析并批判佛朗哥主义。因此，将这些段落放到当时的出处中将有助于我们理解佛朗哥政府如何利用学校教育来建构一个模范童年。而将索佩尼亚在书中的引文和儿童叙述者的评论放在一起比较分析，则有助于我们了解作者，作为一名佛朗哥儿童，是如何重建童年，这个童年是作者在战后经历的，也是他的同代人们同样经历过的。

在每一个战后西班牙的教室里，黑板上方正中央悬挂着的都是一个巨大的十字架。十字架的右边是一幅圣母玛利亚的画像，左边是佛朗哥像。操场上高高飘扬着佛朗哥时期的国旗，无时无刻不在提醒学生们热爱他们的祖国。战后教育的一个核心是爱国主义教育，用各种方式培养儿童对新政权的热爱。在战后的一个叫《读本》（*Rayas*）的儿童读本中，儿童们读到如下文字："我们的祖国是西班牙。我们出生在美丽广袤的西班牙国度；它出产的食物维持着我们的生活；对它的信仰和热爱滋养着我们的灵魂。我们是西班牙的儿女。西班牙是我们的母亲。我们是西班牙人！"（Rodríguez Álvarez，1951：159）儿童读物无处不在教导儿童热爱他们的国家以及上帝庇佑西班牙。根据这些儿童读物，西班牙位于全球的中心，而这个中心的位置正说明了上帝对西班牙的偏爱："我们的国家处于世界中心位置，是因为上帝偏向西班牙。"（Menéndez-Reigada, 1945：4）这段话配的插图是一幅世界地图，而西班牙被显示在这幅地图的中心位置。对西班牙的热爱和对母亲的爱并列在一起，这样便于儿童更容易理解爱国主义这个抽象的概念。国家和性别的联系在宣传中显而易见。在《百科全书练习本》（Enciclopedia práctica）里，学生们被教导："祖国就是我们的母亲，因此，我们有责任像儿女热爱母亲一样地热爱它。西班牙一直都是一个英雄的国度；但是哪怕它不是，我们也有责任和义务热爱它，就像我们爱自己的母亲而从来不去想她是否美丽。我们要做勤劳的好孩子，用自己的劳动和努力扩张它的领土，当我们长大后，我们要保家卫国，在它危险的时候捍卫它，甚至不惜牺牲我们的生命。"（Fernández Rodríguez, 1943：35）用这种方式，佛朗哥主义学校教育将爱国主义和热爱母亲并列，将其描述成一种天然的自发的情感。儿童们被告知："一个羞于提到自己祖国的国民就像一个羞于提到自己母亲的孩子一样。"（Fernández Rodríguez, 1943：12）

佛朗哥主义的意识形态将爱国主义从一个抽象的概念转化成一种亲密的而且容易让儿童接受的情感，并且通过一些符号来象征祖国。这些符号包括：一张弓、一把箭、一面国旗和数首国歌。在儿童读本《我要成为这样的孩子》（Así quiero ser）中，儿童们读道："弓和箭是西班牙帝国的历史象征。弓代表着控制，是所有人为了共同的目标而聚集在一起。我们要将弓想象成一个亲情的纽带，将我们所有西班牙人团结在一起，同甘共苦，同舟共济。箭象征着理想。我们的幻想、梦想和渴望，就是射向四面八方的箭。西班牙就这样向东、南、西、北方向分别扩张，在我们的土地上太阳永不落。"（Marcos，1944：303）战后西班牙有许多首国歌，学校儿童每天需要唱的是一首题为《我的祖国》的歌曲，歌曲里将西班牙描绘成一个光荣的、繁荣的天主教花园。总的来说，佛朗哥政府通过特定的象征和标志将爱国主义和人类的亲密情感并列，并且爱国主义教育成为学校强加给儿童的最主要的价值观，并强制儿童接受和认可。儿童们被教导接受这样的观念，那些对于爱国主义教育持有怀疑态度的人都是叛国贼。

在《鲜花环绕的花园》一文中，儿童索佩尼亚并没有像他被要求的那样表现出对于象征性的弓和箭的敬意，相反他大胆嘲笑了这些标志，并且想象了一个关于它们的幽默场景。在书中，根据年幼的叙述者的逻辑，如果一个人要指着这些标志问另外一个人："这些标志什么意思？"另一个人一定会回答："一张折弯的弓和一把零散的箭呗。"（Sopeña Monsalve，1994：213）于是年幼的主人公又想象着佛朗哥琢磨了一会儿，目光穿透了这些象征，然后信口开河解释说弓代表绝对的控制，而箭，代表帝国的梦想（Sopeña Monsalve，1994：214）。儿童想象出来的这个可笑场景破坏了这些国家标志的神圣性和严肃性，同时也戳穿了爱国主义是人类自然自发情感的神话。接受过佛朗哥主义教育的儿童对这些标志以及它们的官方解释太过熟悉，他们从来没有认真思考过这些说法是否有意义或者符合逻辑。幼小的主人公想象了佛朗哥胡编乱造的场景，并通过这个场景引导读者去反思他们受过的爱国主义教育，将他们从被熟悉的场景带入的过去中重新拉出来。通过批判性怀旧，作者不仅仅抵制了20世纪90年代中期官方对于历史过去的掩饰，同时也让人们与怀旧情绪支配下的虚幻的美化的过去拉开距离。

通过对过往的重新阐释，索佩尼亚不仅批评了佛朗哥政府，同时也将批判的矛头指向20世纪90年代中期执政的西班牙左派的工人社会党政府。他对于过去和当下的批判是通过儿童叙述者来实现的，文中的小索佩尼亚不断地坦白说自己其实并不明白战后那些国家标志的爱国主义解释。作者让年幼的主人公思考这些标志被强加上的意义，同时借儿童之口感叹道："我左看右看，上看下看，就是没有看到我们这个种族怎么就能永垂不朽，也没有看到承诺中的我们这个帝国的无比光明的未来和前景。"（Sopeña Monsalve，1994：214）作者没法从这些政权象征标志中看到这个国家光明的前程可以有三种内涵。第一层也是最浅显的一层，就是儿童主人公无法将他看到的和他所被教育要相信的内容联系起来。第二层意思是，这是对战后官方宣传的否定，或者说对于佛朗哥政权长盛不衰的否定。佛朗哥政权痴迷于"种族"和"帝国"的概念，并且梦想着恢复西班牙帝国时期的兴盛和光荣。在种族和帝国永世长存的宣传之下，显然是佛朗哥政府希望永远维持独裁统治的野心。在20世纪四五十年代，佛朗哥政府的复兴西班牙帝国梦给西班牙人带来的除了贫穷落后和自我封闭之外没有别的。这本书的读者，包括撰写序言的比利亚尔，回忆起战后的日子，是这么写的："我们这些儿童，冻得哆哆嗦嗦的，无比羡慕地望着那些在坚硬冰冷的椅子底下放了炭火盆的同学，他们的炭火盆原来是巨大的战时储备罐头……有许多儿童不时焦急地等待那些黄色的奶油味的奶酪，那些奶酪来自美国人，有时候会在学校的午后发放。"（Villar，1994：19）第三层也就是最隐秘的意思是，作者对于西班牙未来的担忧引发了20世纪90年代中期读者对于他们当下状况的忧虑。自从佛朗哥去世后，迎头赶上就成了西班牙全国的首要目标，无论是在政治还是经济意义上。面向未来，执政的左派工人社会党政府不愿意重提过往。学者让·拉蒙·雷西纳认为工人社会党政府最终"成为和他们保守的对手差不多的面目模糊难以区分的政党"（Resina，2000：91）。这个论点在曼努埃尔·巴斯克斯·蒙塔尔万（Manuel Vázquez Montalbán）的小说《加林德斯》（*Galíndez*）里得到佐证。小说中，一个年轻的工人社会党政客在提到过去的时候说："没有历史回忆或者只有些许的回忆我觉得心安理得"（Montalbán，1971：12）。佛朗哥政府在战后承诺给大家一个光明的未来，但是最后他带给人们的只有贫穷和落后；工人社会党政府在后佛朗哥时代再次做出了同样的许诺，这次的承诺代价是让公众不再提起历史。20世纪90年代初欧洲大范围的经济危机带来的衰退迅速波及了西班牙，西班牙经济发展速度明显减慢，1993年，也就是《鲜花环绕的花园》出版前一年，西班牙经历了GDP的严重衰退（Scobie，1998：2）。因此，"我们帝国的光荣的未来"这个反复被提起的口号能引起读者对于过去以及20世纪90年代中期的当下的复杂情感。在这个意义上，索佩尼亚·蒙萨尔韦成功地将读者和过去联系起来，通过讽刺过往，他的矛头指向了当下。

作者揭示了佛朗哥政府对人民的欺骗，不仅仅是关于西班牙的未来，对西班牙的过去和当时状况的宣传也充满了欺骗性内容。作为强制爱国主义的一种方式，政府决定了儿童应该怎么想象他们的国家。学校教科书将西班牙描绘为"唯一的、伟大的、自由的（España: Una, grande y libre）"国度。在《我要成为这样的孩子》一书中，孩子们读到如下描述："西班牙是唯一的，我们不允许地理上以及道德上的分裂，这些分裂行为对于我们统一的肌体和灵魂将带来巨大的伤害；西班牙是伟大的，它向世界展示了它的英雄儿女们为人类社会做出的巨大牺牲，我们也向世界展示了道德尊严要高于生命本身；西班牙是自由的，因为我们打败了那些企图破坏我们国家的外国势力。"（Marcos, 1944: 6-7）战后的孩子们每天需要机械背诵"西班牙，统一、伟大、自由"这个口号，大家需要在课前集体朗诵。

在《鲜花环绕的花园》一文中，年幼的主人公不明白西班牙为什么不是四而是"唯一"（una），因为根据儿童读物，"在西班牙有唯一的意志、唯一的教条、唯一的服从以及唯一的领袖"，而这些加在一起应该是 $1+1+1+1=4$（Sopeña Monsalve, 1994: 214）。孩子的疑问表面上是数学问题，其实是借此提醒读者关于佛朗哥政府采取的中央集权和压制地方的统治方式。

作者通过评论西班牙的"唯一性"的话题暗示了佛朗哥政府的对内政策；同时，作者还通过嘲笑西班牙的"伟大"来指战后政府的对外扩张政策。根据佛朗哥政府的官方宣传，西班牙是伟大的，因为"我们要将我们的精神和信仰上的帝国扩张到整个西语世界和非洲去，非洲天然就应该是我们的领土"（Sopeña Monsalve, 1994: 214）。佛朗哥政府通过强调精神的软实力，意在掩饰其武力扩张的意图和决心。儿童主人公在回应这个关于西班牙伟大性的官方解释时，对于西班牙人应该以哪种合适的交通方式入侵这些广袤的外国土地表示了关注和焦虑。他想知道是否那些地方都可以通过军舰到达。通过年幼的主人公这些看起来幼稚的焦虑，实际上作者提出了佛朗哥的军事扩张的问题。马丁-马尔克斯认为，"内战结束之后……佛朗哥和他的支持者们开始制定一个野心勃勃的海外军事扩张行动方案，扩张对象主要是非洲"（Martín-Márquez，2008：249）。换句话说，佛朗哥意在通过对非洲的军事占领来提高新西班牙的"伟大性"；精神上或者信仰上的扩张仅仅是独裁政府欺骗人民的又一个神话罢了。小索佩尼亚看起来天真的疑问打破了佛朗哥政府宣称的精神伟大和扩张的神话，揭示了佛朗哥在北非的军事殖民意图。

在评论战后西班牙的"自由"口号时，作者从1990年的当下出发表达了他的讽刺，1990年中期左派政府依然在继续佛朗哥晚期西班牙实行的自由市场政策。作者引用了佛朗哥政府关于"自由"的官方宣传："西班牙是自由的，因为它不受犹太资本主义国家所奴役。"（Sopeña Monsalve，1994：215）这句宣传让20世纪90年代的读者觉得可笑，因为20世纪四五十年代西班牙政府所痛恨的资本主义，现在正在成为西班牙政府的首要目标。从1980年末期开始，执政的西班牙工人社会党就采用了以市场为主的货币政策。当西班牙经济从1986年至1990年飞速发展的时候，迅速引入的消费资本主义及其带来的剧变给西班牙人民造成了眩晕的感觉。这些变化的速度和复杂程度给西班牙社会带来了翻天覆地的改变。在分析西班牙20世纪90年代经济和政治的时候，格拉汉姆和桑切斯认为"可以想象的是，西班牙今天的历史和当代的民族身份认同是快速的社会和经济发展的产物"（Graham，1995：407）。20世纪90年代初期的经济改革过于快速地将社会整体的发展浓缩成或者说简化为经济发展，盲目地完全信任了自由市场能带来奇迹。西班牙政府没有采取措施改善国计民生，而是将经济发展看作治愈西班牙社会种种问题的万金油。战后的西班牙人在佛朗哥的意识形态操控下没有表达自己思想和意志的自由；而20世纪90年代的西班牙人，在市场的主导和控制下，仍然被压抑的过去所困扰。

在质疑完每日都喊的"西班牙，统一、伟大、自由"的口号之后，年幼的主人公将西班牙人对佛朗哥的盲从解释成佛朗哥和西班牙人互利的协约："作为我们完全服从的代价，佛朗哥还给我们一个祖国以及其他许多东西：包括唯一的发展方向、唯一的信仰、唯一可接受的行为模式、唯一的国民意志以及对帝国的无比饥渴。作为交换，我们称他为西班牙元首，这样他就可以不用选票也不需要任何人的认可。"（Sopeña Monsalve，1994：213-214）首先，按照小索佩尼亚的想法，服从并不像战后儿童读物宣传的那样是天然的和自发的，而是佛朗哥和西班牙人民利益交换的结果。这份利益交换是否公平取决于读者如何阐释佛朗哥的承诺。对于那些对佛朗哥有不满的西班牙人而言，这份交换是不公平的：西班牙人将佛朗哥抬到一个高高在上的位置，最后却发现他们生活在一个佛朗哥决定干什么、信什么、说什么的国度。此外，儿童对独裁者和臣民之间协约的理解也可以解读为对西班牙民众的批评，绝大多数人在战后保持了沉默并且选择了与独裁政府合作。独裁政权存在的前提条件就是臣民的合作。也就是说，如果大部分的西班牙人都反抗，那佛朗哥就无法保持他的元首位置高枕无忧。换个角度说，文中表达了强烈的想要抵抗的欲望和号召，但是想要回到过去抵制战后佛朗哥主义的愿望是无法实现的，因为时间不可逆；当下唯一可干的事情就是防止佛朗哥主义的死灰复燃。

佛朗哥和其他一些历史人物一起被描绘成这个国家的代表。在战后的官方宣传材料中，佛朗哥被描述成拥有人类有史以来可以想象的所有的优秀品质："他是一位充满魅力的领袖，他是上帝指定的子民，上帝让他超越了政治科学的领域而成为超自然的英雄，或者说超人。"（Moret Messerli，1942：49）儿童读物则将佛朗哥和西班牙中世纪以及黄金世纪的历史人物并列。这些人包括西班牙天主教国王伊莎贝尔和费尔南多、卡洛斯一世和菲利普二世。伊莎贝尔女王被描述成美丽、慷慨而虔诚的女性，而费尔南多则勇敢、有智慧并且谨慎。他们俩统一了这个国家并且恢复了和平，当然还建立了宗教大裁判所来惩罚当时的异教徒（Álvarez，1954：443-44）。卡洛斯一世和菲利普二世则赢得了数场欧洲战争，捍卫了天主教的神圣地位。他们俩都是虔诚的教徒和杰出的国家领袖。最后，佛朗哥作为他们的接班人，自然而然地接替他们领导这个国家（Álvarez，1954：480 & 491）。

根据佛朗哥官方宣传，天主教国王夫妇伊莎贝尔和费尔南多是西班牙历史上最伟大的君主，于是，他俩也成为小索佩尼亚嘲讽的对象。小主人公说，这位谦逊而神圣的女王和她同样谦逊的丈夫总是忙着消灭犹太人："天主教国王们将他们列队。当他俩将谁列队的时候，谁就要倒霉了……"（Sopeña Monsalve，1994：173）作者引用了战后教科书的一段话来描述两位天主教国王建立的臭名昭著的宗教裁判所，教科书里是这么描述的："许多被判别的罪行的犯人装作自己是异教徒，这样他们就会被从他们的监狱里提出来关进宗教裁判所，因为在宗教裁判所里他们至少还可以去上上厕所……"（Sopeña Monsalve，1994：156）这段关于宗教裁判所的令人啼笑皆非的描述可以以两种方式解读：一种是天主教国王残酷无情，众所周知宗教裁判所惨无人道，但是其居然还比其他监狱要慈悲；另一种认为是佛朗哥政府的欺骗性宣传，目的在于掩饰两位国王的残忍，所以将历史上臭名昭著的宗教裁判所描述成一个犯人喜爱的监狱。无论是哪种方式，对于宗教裁判所的无耻称赞都暴露了佛朗哥主义教育谎言连篇，为了迎合政府宣传的需要，所有的历史都可以随意捏造。

为了迎合官方宣传需要，教科书还将历史人物进行任意的编排。小索佩尼亚发现在他的课本里，拿破仑尾随着共济会进入西班牙，马丁·路德·金和20世纪的自由派分子一起来到西班牙，君士坦丁堡的土耳其人紧随苏联的布尔什维克出现在西班牙（Sopeña Monsalve，1994：201）。根据同样的逻辑，佛朗哥成为熙德而西班牙内战就是十字军东征的圣战（Sopeña Monsalve，1994：202）。小主人公随后就讽刺了一幅插图。这幅插图展示了一个战斗场景：左边是一辆坦克，大炮对准敌人，右边是两架战斗机各自往相反的方向呼啸而去。一条写着"1936年7月18日"——也就是西班牙内战爆发的第二天——的横幅在两架战斗机中间唰地展开。而小主人公认真地说："尽管上面写着1936年7月18日，但是如果你没有看出这是十字军东征的圣战，那说明你需要配眼镜了。"（Sopeña Monsalve，1994：202）这个冷笑话性质的解释呼应了官方宣传的"圣战的前奏及其在世界范围内的决定性影响很快就引发了一场争斗，而那些短视（miope）的人们将这场争斗称为内战"（Sopeña Monsalve，1994：201）。这其中的幽默来自儿童对于西班牙语中的miope这个词的理解或者误解，这个词可以同时有短视以及近视的意思。佛朗哥派的宣传取前一种意思而文中的小主人公用了第二种意思。当读者面对儿童天真的逻辑大笑的时候，他们其实同时嘲笑了佛朗哥政府对于意识形态的随意操纵。

佛朗哥政府伪造历史、歌颂宗教人物的同时也抹黑犹太人，犹太人在官方宣传中被认为是反西班牙的势力。儿童读物将犹太人描述为既破坏了天主教的基础，又总是试图破坏西班牙的统一。因此，在学校教科书中，犹太人的形象总是和共济会、社会主义以及共产主义联系在一起的："就像犹太研究专家们认为的那样，犹太人的灵魂深处满含着对天主教教会的仇恨……他们不安的灵魂总是带有革命性，总是想对我们伟大的现政权动手搞破坏，妄图建立一个以他们为主的世界……专家们研究认为，共济会、犹太教、社会主义以及共产主义就像是同一个母亲生下的孩子。"（Herrera Oria，1941：245 – 46）这份宣传材料让读者不禁联想到犹太—布尔什维克—共济会共谋的神话。20 世纪 20 年代早期在纳粹德国，德国记者迪耶特里克·埃卡尔特（Dietrich Eckhart）大力推广一个叫"犹太布尔什维克"的概念，这个概念的中心论点就是犹太人创造并引领了共产主义来控制全世界。接下来，1939 年出版了一部书，题为《我们这个时代的世界末日：秘密文件显示的德国宣传不为人知的一面》（L'Apocalypse de notre temps：Les dessous de la propaganda allemande d'aprés des documents inédits）。在该书中，作者亨利·罗林强调"希特勒主义借用了神秘的犹太—共济会—布尔什维克阴谋神话来反苏联反革命"（Kellog，2005：7）。根据研究西班牙内战最权威的历史学家之一保尔·布莱斯顿（Paul Preston）的说法，从西班牙内战前的第二共和国合法政府成立的最初几天开始，"右派极端分子就在不停散布一种说法，说犹太人、共济会和布尔什维克联合起来要摧毁天主教的欧洲,尤以西班牙为首要攻击目标"(Preston,1976:49)。基于这个阴谋论,佛朗哥政府将犹太人在西班牙本土和北非的西属摩洛哥管制起来,尤其是1942年底盟军占领了法属摩洛哥之后(Rohr,2017:123-156)。

根据战后官方宣传,犹太人和共济会以及布尔什维克具有危险性和革命性,而阿拉伯人,或者西班牙人称呼的摩尔人,则在西班牙文明的影响下完成了从坏到好的转变。在小学读本《历史的花环》(*Guirnaldas de la historia*)一书中,小学生们读到如下描述:"虽然阿拉伯人在来到西班牙的最初是沙漠里单纯而凶猛的斗士,但是随着他们和西班牙人的接触,我们的鲜花、土地以及明媚的阳光唤起了他们心中对于艺术和智慧的追求。"(Sopeña Monsalve,1994:51)摩尔人被认为是邪恶的,因为像犹太人一样,他们信奉不同的神,被教会认为是对天主教的威胁;但是他们中有许多人又在摩洛哥加入了佛朗哥的军队,在内战中和佛朗哥派站在一起反对共和国派。于是,我们的小主人公疑惑了,那阿拉伯人到底是好人还是坏人呢,因为在课本上,他还读到"总的来说,阿拉伯人对于基督徒是宽容的,因为他们和基督徒一起完成了许多的艺术文化作品,并且互相尊重"(Sopeña Monsalve,1994:170)。但是,他同样还记得读到过与此矛盾的文字:"比方说,占领我们西班牙的阿拉伯人阿尔曼索尔(Almanzor)无比邪恶,他打败了我们52次"(Sopeña Monsalve,1994:170)。最后,小索佩尼亚想出了一个折中的方案来解决关于阿拉伯人官方宣传的自相矛盾之处,他得出结论说:"当我们想把他们描述成野兽的时候,他们就被我们称为摩尔人,当我们想把他们当人类的时候,就叫他们为阿拉伯人。"(Sopeña Monsalve,1994:171)

通过揭露学校教科书中自相矛盾的论述，《鲜花环绕的花园》的作者实际上触及了佛朗哥战后宣传对于摩尔人的矛盾之处。一方面，在西班牙帝国时期，摩尔人因为他们的宗教信仰异于天主教所以遭到西班牙的抹黑和迫害，而战后的儿童读物，尤其是宗教读本，许多材料都直接取自历史上的西班牙帝国时期。另一方面，佛朗哥政府需要注意各种技巧以不得罪对他们忠诚的摩洛哥兄弟们，毕竟他们在战争中加入了佛朗哥阵营流血牺牲。同时，新政府在独裁统治后期还需要赢得阿拉伯世界的支持以顺利地加入联合国（Martín – Márquez，2008：252）。佛朗哥在北非的军事计划决定了20世纪四五十年代对摩洛哥的政策。因此，"血浓于水的兄弟"在许多战后儿童读本中被用来形容北非的阿拉伯人，佛朗哥政府用这个词和宣传将自己装扮成兄弟般慈善的殖民者，尽管意欲入侵北非，官方材料里总是有如下字眼，"对于年轻的发展中的非洲来说，西班牙应该是他们的年长而智慧的大哥哥"（Martín – Márquez，2008：222）。尽管"大哥哥"其实只是想要殖民北非，扩张领土，重返帝国的辉煌。但佛朗哥独裁时期编撰的儿童读物里通常会强调摩尔人在西班牙人的影响下改邪归正了，尽管孩子们还不时读到关于西班牙"小兄弟"的邪恶事迹。

作者主要通过儿童的直接质疑来揭示佛朗哥主义爱国教育的欺骗性，同时他也通过儿童的经历来分析受民族主义和天主教控制的教育体系的荒唐。与此同时，他许多的童年回忆也充满温馨："每天做着436和小母鸡的计算题，我们过得好极了。"（Sopeña Monsalve，1994：41）他并没有沉溺于童年的温情，而总是不忘反思他所受过的教育。第436道算术题是他们数学练习本上的，关于一只自由的母鸡能逮住多少只昆虫的问题（Sopeña Monsalve，

1994：44）。小索佩尼亚和他的同伴们看了题目后决定去寻找自由的母鸡（Sopeña Monsalve，1994：43）。作者描述了一个欢乐的午后，孩子们去了一片贫穷的地区想要寻找在外边自由自在的母鸡以看看它们能逮到多少虫子。结果孩子们差点被主人抓住，因为这些看起来自由的母鸡实际上并不是自由的，它们归一个主人所有。于是，孩子们一致认为世界上根本没有自由的母鸡这么个东西，那关于自由的母鸡能逮到多少只虫子的问题就毫无意义。此外，作者还说，类似的数学题还很多，它们远离现实并且误导儿童。作者以怀旧的笔触描述了童年的一个欢笑声飞扬的午后，但是他并非要沉溺并哀叹那些过去的好时光，而是要证明当时许多孩子要回答的问题实际上毫无意义。根据作者的描述，那是一个没有电视的年代，孩子们也没有其他的有效信息来源（Sopeña Monsalve，1994：31）。因此，教育系统的封闭以及信息的缺失让孩子们很难判断佛朗哥教育内容的荒唐性。

佛朗哥政权控制下的天主教会决定了孩子们应该怎么想象这个国家和世界，但是孩子们作为积极的个体，在儿童漫画书（*los tebeos*）中找到了一个应对现实压制的思想天地。安东尼奥·拉腊（Antonio Lara）在提到战后风靡的漫画书《罗贝尔多·阿尔加萨尔·伊·贝德林》（*Roberto Alcázar y Pedrín*）的时候是这么说的："研究社会心理学的专家们在这些小画本中找到了大量的元素，通过这些元素发现许多儿童和成人通过它们来偷偷地逃避自己所生活的严酷的环境，这些小画本成了这些人唯一的逃避方式。他们在书中发展了自己无边的想象力，想象着一个虚幻的世界，在这个世界里好人在逃离了黑暗的追杀之后总是得到奖励，而坏人在干尽坏事之后总是罪有应得地受到惩罚。"在西班牙作家卡门·马丁·盖特（Carmen Martín Gaite）的回忆《后边的小屋》（*El cuarto de atrás*）里，主人公 C. 熬过了战后艰难严酷的岁月，靠的就是在通俗小说的想象世界里得到的庇护和安慰。通俗歌曲和影视小说给年幼的 C. 打开了一片与现实迥异的想象的天空，与此类似，像《罗贝尔多·阿尔加萨尔·伊·贝德林》这样的通俗漫画书也引领着小索佩尼亚进入一个想象的世界，这个世界与当时闭关锁国封闭落后的西班牙完全不同。作者描述小索佩尼亚每个星期四下午去租看他喜欢的《罗贝尔多·阿尔加萨尔·伊·贝德林》："租漫画书需要一比索，每个星期四出租漫画书的小摊前都人山人海挤满了人，大家腿挨着腿，挤得连个小板凳都放不下了。"（Sopeña Monsalve，1994：113）尽管这些出版在战后的漫画书不可避免地带有佛朗哥主义意识形态特征，例如天主教和民族主义，但作者还是承认说这些漫画书给孩子们打开了一扇通往另一个世界的大门，尤其是他们在现实生活中除了官方宣传没有任何其他信息来源和渠道的情况下："或许，有人出于无知会问，这些个漫画，花拳绣腿的能学到啥……那你就需要好好给人家解释一下了，解释一下你从书中学到的知识；解释下这些书有多有用。如果不是这些书，我上哪儿能知道广东在哪儿，上哪儿知道中国男人已经不留大辫子了，上哪儿知道 *yes* 是英文……"（Sopeña Monsalve，1994：127）作者对于《罗贝尔多·阿尔加萨尔·伊·贝德林》表现出来的感激之情正反映了战后在佛朗哥控制下儿童信息和知识的匮乏。通过漫画书和书里的想象世界，小索佩尼亚能够从学校教科书的那些爱国主义口号和无意义的问题中抬起头喘口气。

佛朗哥政府的教育控制不仅仅通过爱国口号和许多无意义的

问题，同时也有相应的教学法。当政府将所有与第二共和国相关的东西清洗出学校的时候，它也将当时左派的自由教育机构（la Institución Libre de Enseñanza）倡导的教学法都取消了。自由教育机构提倡发展学生的知识、思维和技术技能（Boyd，1997：133）。1938年法案强制所有教师采用"传统的西班牙教学法"，这个教学法由神父曼亨倡导，鼓励教师使用"传统"的机械重复和背诵的教学法（Boyd，1997：258）。作为内化西班牙美德的方式之一，学生们需要背诵从西班牙帝国时期借用来的爱国口号和逸事。这些简单重复的教学方式意在给学生培养一种不加置疑、盲目服从的心态。这种反智的教学法甚至在佛朗哥死后都还存在，即使是在佛朗哥时代终结了20年后还有人在捍卫它。安东尼奥·阿尔瓦雷斯，也就是战后小学教材《阿尔瓦雷斯百科丛书》的作者，就在公众场合公开表示过机械的背诵在小学教学中的有效性。1997年底，《世界报》的记者艾埃莱娜·皮塔（Elena Pita）采访了阿尔瓦雷斯，当被问道："儿童通过哪种方式学得更好，机械背诵还是阅读并且学会分析？"阿尔瓦雷斯毫不犹豫地回答说："儿童只有记住的东西才能掌握，要想记住东西就只能背诵。"（Pita）他同时还批判说20世纪90年代的儿童们获得的信息太多了，说儿童们根本没法消化和理解。和阿尔瓦雷斯相反的是，索佩尼亚在《鲜花环绕的花园》一书中认为战后教育的最大问题之一就是信息的匮乏（Sopeña Monsalve，1994：13 – 32）。

在讨论爱国主义教育的时候，索佩尼亚集中于儿童教材；在分析宗教教育的时候，他的重点转向了儿童被灌输的方式。天主教教义是当时所有小学生要强制学习的，学生们需要背诵，记不住的学生会受到严重的体罚。作者通过小主人公的疑惑以幽默的方式来揭露了这种机械教学法的实际效果。小主人公被问到有几个上帝的时候，他想了想，自言自语地说："天父是上帝，他的儿子是上帝，圣灵也是上帝。那加一块怎么也应该是三个了。"（Sopeña Monsalve，1994：58）出于对自己数学计算能力的自信，小主人公大声地回答："三个，不多不少。"（Sopeña Monsalve，1994：58）出乎他的意料，他的回答不仅没有得到神父的肯定，反而脑袋受到了重重的一击。当被问到为什么上帝同时是人类又是神的时候，小主人公这回出于谨慎起见表达了他回答问题之前想先见见上帝的愿望。谁曾想到，愤怒的神父这回在他脖子上狠狠地来了一巴掌（Sopeña Monsalve，1994：57）。

西班牙内战之后学校教育通过体罚强制宗教信仰和教义学习。作者讽刺道："在挨了无数的打之后，如果需要的话，我的同班同学桑切斯·贝纳多甚至相信母牛能在天上飞。"（Sopeña Monsalve，1994：58）引用一个儿童宗教读物里的三位一体插图后，作者评论道："三个人，我什么也不说了。"（Sopeña Monsalve，1994：59）天主教留给作者的终身记忆就是在小学教室里挨的那些个巴掌。作者之后又添加了一张插图，图片上有一位神父举着个十字架在训斥一个孩子，作者在插图边加上评论说："如果他不想信教的话，让我们用十字架砸死他。"（Sopeña Monsalve，1994：79）作者以幽默的方式揭示了当时学校教育中普遍的体罚，作为天主教宗教标志的十字架成为教士们随手体罚学生的工具。而佛朗哥政府高举十字架要求孩子们——当然也包括成人们——服从纪律和秩序。作者对于十字架的嘲讽实际上展现了教会协助政府不仅仅镇压异教徒同时也压制政治异议分子，因为政府的宣传口号就是"服务于祖国就是服务上帝"（Álvarez，1954：78）。

作者揭示了战后教育通过体罚和机械的强制来培养盲目和盲从的后代。在《鲜花环绕的花园》一书中，神父问小学生费尔南多上帝是否在教堂里出现，费尔南多回答说："这个你们不要问我，教堂里的神父们知道得可清楚了。"（Sopeña Monsalve，1994：63）神父不仅没有批评费尔南多的无知，反而赞扬他对于权威的信服。佛朗哥政府既不希望也不想让后代们有批判性思考的能力，因为通过官方教育，政府希望从智力上奴役下一代，这样好保证"这个种族以及这个政权的千秋万代"。

神父强制教义学习不仅仅通过体罚，还有情感操纵。历史学家基拉·马哈茂德（Kira Mahamud）的研究显示，一些佛朗哥派的学者和负责教育的部长们将情感教育作为战后儿童教育的有效策略和手段（Mahamud，2006：170）。马哈茂德注意到学校教材中有大量诉诸儿童情感的内容。她解释说，大量的情感教育是由于"当时西班牙人对自己情感和情绪表达和体验的骄傲和自豪"（Mahamud，2006：172）。当时格拉纳达的小学教育总监塞拉诺·德·阿罗（Serrano de Haro）就是西班牙情感教育最著名的提倡者之一。在儿童读本《我是西班牙人》（*Yo soy español*）的前言里，阿罗提醒教育者："我们希望儿童听到英雄的名字和他们的事迹；我们希望关于上帝和西班牙的种种进入孩子们的意识，在他们的脑海里生根发芽。但是我们希望他们不仅仅是'了解和知道'这些东西，我们需要让他们从情感上感受和体验到！"（Serrano de Haro，1943：6）

教师队伍、阅读材料和插图是佛朗哥政府实施情感教育的三个主要渠道。学校里的教士作为官方宣传和学生之间的媒介，不断给学生讲述各种恐怖故事吓唬学生们，学生们同时还被告知这些恐怖故事都发生在西班牙某地。所有这些故事都传递出同一个信息：那些不信上帝的孩子们都是坏孩子，坏孩子们最终的下场都会很悲惨。宗教读物经常描述地狱的可怕以及异教徒和亵渎神灵会受到的惩罚有多么严重。《鲜花环绕的花园》中描述了小学生经常在考试中被问到故事中意外死亡的孩子们死因是什么，但是他们不需要记住确切的死因，只要把所有这些悲惨的意外事故都归咎于亵渎神灵或者异教徒就一定不会错。这些悲惨的故事情节包括：比方说，一个孩子在穿过铁路的时候不慎被火车轧死；两个女孩在家被大火活活烧死，而她们的母亲随后也死了；一个叫拉蒙的男孩在床上意外死去，诸如此类。所有这些意外死亡都以某种方式和亵渎神灵扯上关系（Sopeña Monsalve，1994：75）。宗教读物中的许多插图都表现了一个被吓得浑身哆嗦的儿童和一个丑陋而恐怖的迫害者之间的对比。这些插图让孩子们很容易就将自己代入为图上的年幼的受害者，并且将这些恐惧都变成自己内心的恐惧。孩子们吸收了这些恐惧，并且在日常生活中不知不觉表现出来。比方说，当书中小主人公的邻居小孩在玩耍的时候被火烧了，无论目击者和其他大人怎么保证这是一场意外事故，小主人公仍自动而坚定地认为这是对于亵渎神灵的一种惩罚（Sopeña Monsalve，1994：76）。作者通过表现儿童对于宗教教条的内化吸收，来证明佛朗哥时期的情感教育的根深蒂固以及它是如何深深地影响了他们这一代人的成长。

除了街边出租的漫画书，书中还描述了儿童应对残酷现实的另一种逃避方式：一个叫"欢乐广播"的当地的周末小广播站。作者充满怀念地描述了年幼的孩子们在小广播站的欢乐经历，回忆了孩子们是如何吵闹、吃零食、从一个椅子蹦跶到另一个椅子上（Sopeña Monsalve，1994：106）。这个小小的空间成为儿童的天堂，在这儿成人失去了控制。索佩尼亚幸灾乐祸地回忆说："节目主持一遍又一遍地大喊，让我们不要再吃瓜子了……在节目最后，节目主持人要求我们排队有序离场，不要在椅子间蹦来蹦去，但是，不，我们没有人要听他的。"（Sopeña Monsalve，1994：107 - 108）这个"欢乐广播"本来是用作对儿童的官方广播的，让孩子们在成人的指导下，在广播站里合唱爱国歌曲或者朗诵爱国诗篇，以此来展示战后在国家的照顾关怀下儿童幸福快乐地成长。但是孩子们并没有服从大人的意志，而是将这里变成了儿童的保留地，他们在这里享受了本该属于儿童的真正的欢乐时光。当主持人问他们叫什么名字的时候，他们通常不直接回答问题，而是通过广播给他们的爸爸妈妈、亲戚朋友打招呼。这些不按规矩的回答总是让主持人火冒三丈，而让底下在场听着的小伙伴们哈哈大笑（Sopeña Monsalve，1994：107）。这个小小的广播站成为一个童年庇护所，在这里儿童们享受短暂的无序状态，帮助他们应对现实的残酷和艰难。作者写道："我去过那儿无数次，每次都开心极了。"（Sopeña Monsalve，1994：107）马丁·盖特说战后官方宣传中的儿童欢乐都是假的，就像宣传中的伊莎贝尔女王和佛朗哥派政客的假笑一样假（Gaite，1987：45）。然而，在这个小小的广播站里，小索佩尼亚和他的伙伴们经历了短暂无序带来的真正的欢乐，他们用这种短暂的欢乐来对抗官方强制的情感控制。

　　佛朗哥儿童们在战后需要找到慰藉以从佛朗哥教育的桎梏下喘口气，而成年的他们也表达了需要和过去和解的需求。比利亚尔作为这个群体的成员之一，在《鲜花环绕的花园》一书的前言中写道："索佩尼亚是在寻找一种解脱仪式，他的生活和我们许多人的生活都需要有这么一种仪式，因为这些在战后度过童年的西班牙人需要一种方式来'将过去遗留在他们心中的心魔驱逐出去，而这些心魔还不少'。"（Cámara Villar, 1994: 14 & 15）在民族主义和天主教控制下的童年教育成为他们重新回顾过去的一个入口。佛朗哥派给他们强加了一个以爱国主义和宗教为中心的童年模式，并通过学校教育将这个模式灌输给他们。而作为成人的索佩尼亚，他经历了佛朗哥主义教育，并且有技巧地通过怀旧和反讽重构了他们这个群体的童年。索佩尼亚笔下再现的童年充满了悖论和复杂性。一方面，它是怀旧的，表达了一种重返失去的童年的愿望；另一方面，它也是反思和抵制的，表达了一种拒绝，拒绝将受民族主义和天主教控制的童年强加在儿童头上。

《鲜花环绕的花园》中熟悉的材料和场景唤起了佛朗哥儿童对于童年欢乐的温情怀念，而作者通过儿童口吻让读者重返过去，让他们觉得自己似乎也跟随小主人公一起批评和抵制了佛朗哥主义，让他们对于过往的愤懑和压抑得到一定程度的缓解。佛朗哥儿童们在20世纪四五十年代经历了战后的高压政策和信息封闭，他们需要从过去带给他们的沉重心理包袱中解脱出来，《鲜花环绕的花园》的小主人公通过质疑并批判佛朗哥主义来引领读者们完成了这一过程。换句话说，《鲜花环绕的花园》疏解了佛朗哥儿童对于失去的童年的怀念，同时将他们从过去中解放出来，这个过去是20世纪四五十年代被佛朗哥政府压迫的过去，以及20世纪90年代中被左派工人社会党政府所掩饰的过去。

第四章

21世纪初围绕"历史回忆法案"的争端

——埃丝特·杜斯歌的《我们当年是战胜者》(2007)

1938年,在佛朗哥军队进驻巴塞罗那前夕,西班牙左派诗人安东尼奥·马查多(Antonio Machado)在接受苏联记者伊利亚·艾伦伯格(Ilya Ehrenburg)采访时是这么说的:"分晓已见;巴塞罗那随时会陷落。对于军人、政客、历史学家来说,这一切很清楚:我们输了这场战争。但是从人本主义的角度来说,我不知道……我们也可能是赢了。"(Ehrenburg,1966:295)马查多的表态将谁是西班牙内战的战胜者和谁是战败者这一问题复杂化了。尽管属于战败的共和国一方,诗人认为自己成功地捍卫了人权和人道。六十年之后,西班牙作家埃丝特·杜斯歌出版自传,题为《我们当年是战胜者》,在书中她详细描述了她在佛朗哥派上层社会家庭中成长的童年经历。虽然出生在战胜者家庭,但是作者认为自己认同战败方。

安德烈斯·特拉彼略(Andrés Trapiello)和哈维尔·塞卡斯

第四章 21世纪初围绕"历史回忆法案"的争端

（Javier Cercas）认为许多佛朗哥派作家"赢得了战争却输掉了文学史"（Trapiello，1994：475；Cercas，2001：22），而加泰罗尼亚作家玛尔塔·贝萨罗多娜（Marta Pesarrodona）在一次和杜斯歌的谈话中评论道："西班牙内战我们所有人都输了。"（Balbona）贝萨罗多娜的评论引起了杜斯歌的深刻反思，她想到了自己战后在战胜方家庭长大的童年。这些反思最后促成了她的童年回忆录《我们当年是战胜者》（2007）。杜斯歌在书中反驳了贝萨罗多娜的结论，认为"全民都输了战争的论调不客观"（Tusquets，2007：9）。根据作者的说法，战后战胜者和战败方之间存在着明显的区别；但是尽管她的上一代们属于佛朗哥派的战胜方，她自己却属于战败者（Tusquets，2007：9 & 220）。杜斯歌通过这种方式先确立了战胜方和战败方的二元论，然后又很快通过代际、阶级和家庭的角度来将这个二元对立复杂化。

杜斯歌自传中的开头和结尾很好地体现了这种二元对立。自传的题目看起来是一个明确无误而又充满挑衅的表态："我们当年是战胜者。"书的开篇也是同样的论述，驳斥了贝萨罗多娜的调和论并且强调了自己年幼的时候属于战胜方："三岁的我，属于战胜者阵营。"（Tusquets，2007：9）书的结尾以同样的句子结构表示了自己政治立场的彻底转变："战胜方后代的我，属于战败的阵营。尽管我享受过所有的特权和好处。"（Tusquets，2007：220）在开篇和结尾之间，书的主体部分是小埃丝特讲述的特权家庭的生活，以及渐渐长大的她如何摒弃了自己的家庭出身。

题目的过去完成时态强调了打赢战争的结果，同时也将内容分成三个部分：西班牙内战、战后的往事以及西班牙"历史回忆法案"通过后的时期，最后也是作者出版回忆录的时候。金融和工业资产阶级上层由于在战争中支持了佛朗哥的军事政变,在佛朗哥掌权后获得了丰厚的回报。杜斯歌的童年回忆录《我们当年是战胜者》通过儿童埃丝特的口吻讲述往事,表达了作者对于20世纪四五十年代的战胜方生活的反思。这些反思引起了我们对于战后代际、社会阶层和家庭这些问题的关注。关于这些问题的讨论都围绕着战争输赢的问题。我分析作者关于战胜方经历的描述,也同时揭示这些描述背后深深的讽刺意味。

讽刺(irony)一直以来就与苏格拉底联系在一起,他借此引发学生的思考和讨论并隐藏自己的真实意图。讽刺在它最古典的含义中指的是"说 A 但是意指 B"(Colebrook,2004:2)。但是,后世的讽刺,尤其是浪漫主义时期和后现代的讽刺,大大拓宽了它的内涵,将讽刺认为是"一种表达模式"或者"一种表达策略",认为它的特征是意义上的冲突(Friedrich Schlegel,Paul de Man,Linda Hutcheon)。这个冲突可以理解为对立、悖论或者模糊。传统意义上的讽刺包含一个公开的意思和隐藏的意思之间的对立,重点强调后者。通过这种方式,讽刺者可以质疑某种意识形态或者话语体系,例如佛朗哥主义或者历史修正主义。这些体系通常以社会政治背景的方式展现在作品中。如在《我们当年是战胜者》一文中,作为战胜方特权生活的见证者,杜斯歌讽刺性地质疑了历史修正主义认为全西班牙人都是受害者的观点;通过描述资产阶级上流社会的腐败生活,作者颠覆了佛朗哥政府大力宣传的极保守家庭的幸福模式。

和传统的讽刺不同的是,浪漫主义的讽刺并不一定包括一个隐藏的意思。这种类型的讽刺可以发生在作品中:讽刺者可以说 A 然后又通过说 B 来反对 A,同时展示矛盾的对立双方。换句话说，就像弗雷德里克·施莱格尔（Friedrich Schlegel）认为的那样，讽刺者并不意在表达出另外一个解决矛盾的观点"来消解二元对立"，而是要展示两个矛盾对立意思的共存（Schlegel，1991：13）。在《我们当年是战胜者》一书中，作者巧妙地展示了成人战胜者和他们选择认同战败方的孩子们之间的复杂关系：儿童剧烈反抗家庭成人成员，但是同时又表现出对这些成人的强烈情感依恋。作者通过展现代际冲突来探求冲突的根源，同时希望能够理解童年时代发生在她周围的一切。

杜斯歌在自传中采用了两种方式的讽刺——传统讽刺以及浪漫主义讽刺。我将贝勒·巴利亚尔特（Pere Ballart）模式做了简单的修改，以使它适用于对《我们当年是战胜者》一文中两种讽刺模式的分析。巴利亚尔特研究了讽刺的三个层面：文本层面、超文本层面以及互文层面（Ballart，1994：346，350）。我将杜斯歌作品中的讽刺分为两个层面：一是背景层面，二是文本层面。确切地说，传统讽刺在背景层面起作用，导致了文本和文本产生的社会政治背景之间的强烈对比。传统的讽刺方式表现的是作者的强烈批判和否定，对象是佛朗哥主义的家庭模式以及当下的历史修正主义。和传统讽刺不同的是浪漫主义讽刺，其更多地表现在文本层面。在巴利亚尔特看来，讽刺中的文本层面指的是"文本的不同部分（包括句子段落章节和部分）"（Ballart，1994：348）。在杜斯歌的自传中，浪漫主义讽刺主要是通过文中作者对两代人的描述来展现的。换句话说，讽刺主要用在表现儿童和家中上代人的矛盾中。杜斯歌并非要通过否定任何一方来消解对立，实际上，书中有一些部分暴露了作者对于代际矛盾的迷惑态度，她更多的是希望找到一种方式来理解她充满矛盾冲突的过往。

就像施莱格尔认为的那样，浪漫主义讽刺强调的是矛盾双方的共存，而琳达·哈琴的后现代讽刺则突出了反思的特质，强调讽刺结构中对立双方的差异。哈琴在她关于讽刺的理论和政治阐释中提到："关于讽刺的最突出特征就是'知识分子的距离感'。"(Hutchen, 1995: 14) 在这个意义上，讽刺天生就是带有反思性质的。保罗·德曼 (Paul de Man) 在他的著名文章《时间的修辞》(*The Rhetoric of Temporality*) 里讲暗喻和讽刺作为回忆的两种主要修辞方式。他提出"这两种模式（暗喻和讽刺）尽管在模式和结构上存在重大差异，但它们是同一时间经历的两个方面"(De Man, 1983: 226)。在文章中，德曼并没有明确解释暗喻到底是如何区别于讽刺的。琳达·哈琴提供了区别两种模式的定义，她认为："二者之间最主要的区别是……暗喻有赖于说和未说的意思之间的相似性，而讽刺则建立在二者的差异上……讽刺意味是通过在不同的意思间摇摆来实现的。"(Hutchen, 1995: 65-66)

哈琴的结论呼应了我关于《南方》的隐喻 (*allegory*) 和《我们当年是战胜者》一文中使用的讽刺之间的最主要区别。确切地说，在《南方》的文本和视觉层面，作者对于过去的反思是通过小主人公们对于自杀的父亲的哀悼来隐喻性地完成的，因为作者和导演都通过小主人公表达了他们对于过去的态度：佛朗哥儿童必须首先能够面对他们自己和他们上一代人的过往经历才有可能和过去和解。和《南方》不同的是，在杜斯歌的自传里，年幼的主人公从战胜方的角度描述了自己的童年经历，强调了作为成人战胜方的"我们"和叛逆的儿童"我"之间价值观和信念之间的巨大差异。同时，这处于对立双方的两代人却又不仅仅是互相区别的：双方还讽刺性地交织在一起，因为后现代的讽刺，用哈琴的话来说，只能将问题"复杂化"而不能"理清"任何问题（Hutchen，1995：12）。矛盾对立的双方互相依赖，一方只能在另一方存在的前提下才有意义；它们双方一起创造出了讽刺的意味。如果说浪漫主义的讽刺强调了矛盾双方的共存，那么后现代的讽刺——或者说浪漫主义讽刺的后现代变种——则强调了双方既对立又交织的关系。

德曼和哈琴强调的讽刺的自我反思特征和我研究儿童和童年的建构性框架相吻合。确切地说，通过使用"建构"这个词来描述矛盾双方的关系，我实际上是在讨论杜斯歌自传中小主人公的自我身份认同（identity）的建构。西多妮·史密斯（Sidonie Smith）和朱莉娅·沃森（Julia Watson）在讨论自传的身份认同时说过："身份认同都是建构的。它们是通过语言来建构的。它们并非天生的，尽管社会结构中有许多偏见指引着我们去认为身份认同是天生的、一成不变的。"（Watson，2001：33）换句话说，讨论自传中的身份认同其实是分析身份认同怎么通过语言构建起来。作为话语建构，身份认同更多的应该被看作是个体通过语言展示出来的特征而不是个体本身是什么。通过语言展示出来的主要是个体过去的经历。历史学家让·斯科特（Joan Scott）在讨论经历和身份认同的关系时写道："不是个体经历过去，而是经历建构了主体。"（Scott，1991：779）身份认同是个人通过向大众讲述自己的过去来慢慢建构起来的。确切地说，在《我们当年是战胜者》一文中，主人公"我"是通过她在一个上流社会的家庭里的战后经历来形成的。换句话说，"我"作为儿童的建构取决于儿童和她周围的成人之间既对立又互相依赖的关系。

德曼区分了自传中的两个不同的"我"，一个是只以语言的形式存在于文本中的"我",另一个是现实世界中有血有肉的"我"。德曼将重点放在文本中的"我"上,关注它是如何被以各种修辞方式建构出来的。而我的研究则关注两个"我",除了文本中的主人公"我"之外,我也研究作为作者和叙述者的杜斯歌,将她的生活和经历作为文本的参照。确切地说,我将杜斯歌的自传文本和她从前的作品以及她生活的年代对照起来研究。我探求这个文本如何以讽刺的方式和它的社会政治背景以及其中的各种假设前提发生关系。这种讽刺方式在社会背景的层面上表现出来,表现为彻底地拒绝对西班牙国家历史的极右的或者修正主义的论述。

对于自传中的"我"的意识形态的分析有效地将《我们当年是战胜者》一文与其历史政治背景相关联上。保尔·史密斯(Paul Smith)在他的著作《辨认主体》(*Discerning the Subject*)中,提出了意识形态的"我"这个概念(an ideological "I")(Smith,1988:105)。根据他的定义,意识形态的"我"指的是"当叙述者讲述故事时所拥有的全部文化人格"(Smith,1988:105)。换句话说,他所倡导的是将叙述者放入特定的文化和社会背景中来分析。根据保尔·史密斯的建议,西多妮·史密斯和朱莉娅·沃森提出:"那么,我们分析叙述者的时候,需要将他还原到他写作的年代,参考当时的人格的历史定义以及生命的意义。"(Smith & Watson,2001:62)这些评论家们强调叙述者/作者的社会文化背景的重要性,我认为背景的重要性也同样适用于文本中的"我",也就是主人公。换句话说,小埃丝特身份认同的建构不仅仅受她生活的历史时期影响,同时她的童年故事也应该结合她那一代人的集体经历来理解。这是因为"话语本身就应该是社会化的,经历既属于个人也属于社会。被讲述的经历可以认可人们已知的知识也可以颠覆人们想当然的东西"(Scott,1991:793)。叙述者建构了一个儿童主人公,她的故事不仅仅通过叙述者的语言来讲述,同时也因为她的集体经历而得以被同代人理解。换句话说,自传要想有意义并且被大众所理解,它的主题必须从属于一个更广阔而且为大众所熟悉的主题范围。

个体经历总是能够放在数个集体话语中来审视。将杜斯歌的回忆放在"神圣左派"(gauche divine)群体的集体经历来分析的话,能够展示出作者/叙述者的意识形态和社会经济背景。埃丝特·杜斯歌和她的哥哥奥斯卡·杜斯歌被认为是这个群体的代表人物(Moix,2002:77 & 95)。"神圣左派"群体,作为一个年轻的激进知识分子组成的团体,20世纪60年代初在巴塞罗那自发产生;一直到1969年巴塞罗那记者让·德·萨加拉(Joan de Sagarra)才在当地的日报《快报》(Tele/eXpres)上,第一次用讽刺的口气称这个群体为"神圣左派"。曼努埃尔·巴斯克斯·蒙塔尔万的两个问题揭示了这个名称的讽刺意味:"左派怎么能是神圣的呢?难道梵蒂冈改变了对马克思主义的态度了?"这个群体的成员包括诗人、作家、导演、建筑师、模特、演员和艺术家。他们中的所有人,除了蒙塔尔万之外,都来自巴塞罗那的上流资产阶级家庭。尽管出生在佛朗哥派的战胜者家庭,这些孩子都背叛了自己的家庭,认同反佛朗哥的异议分子。这个群体最经常的用来批评政府的策略之一——如果不是最经常的策略——就是讽刺;杜斯歌的自传就是他们这一集体特征的一个很好表现形式。

1971年,当这个群体的名称在巴塞罗那的知识分子群体中广为人知的时候,埃丝特·杜斯歌决定出版一本书来描述他们这个反佛朗哥的队伍。她计划收录安娜·玛丽亚·莫伊克斯、巴斯克斯·蒙塔尔万、何塞·玛丽亚·卡兰德利（José María Carandell）以及胡安·马尔赛（Juan Marsé）的文章和故事，但是在20世纪70年代早期，在出版业的审查制度依旧严格的年代，她没有能够实现她的计划。根据阿尔贝托·比利亚曼多斯（Alberto Villamandos）的说法，杜斯歌的出书计划"反映了这个群体面对着其他异议群体以及佛朗哥主义话语时，希望构建一个属于他们自己的集体认同的努力"（Villamandos，2008：466）。杜斯歌为"神圣左派"群体构建集体认同的努力即使在1971年计划失败之后也没有改变初衷。

构建"神圣左派"的群体认同需要集体性共同努力。埃丝特·杜斯歌并非唯一一个为这个集体性努力添砖加瓦的群体成员。20世纪末以来，这个群体中的老成员们许多都出版自传了：自传作者包括罗曼·古贝恩（Román Gubern）（1997）、哈维尔·米塞拉斯（Xavier Miserachs）（1998）、奥斯卡·杜斯歌（Óscar Tusquets）（2003）、欧亨尼奥·特里亚斯（Eugenio Trías）（2003），以及埃丝特·杜斯歌（Esther Tusquets）（2007）。尽管描述佛朗哥独裁下生活的方式有所不同，但是所有这些回忆录都表达了作者们在20世纪五六十年代强烈的反佛朗哥情绪。包括"神圣左派"在内的异议群体不断地重写过去，将那些年反佛朗哥文化的思潮重新带回到我们面前。有意思的是，2000年第一个资助"神圣左派"在马德里展出的居然是右派的人民党政府。这个展览题为"神圣左派"，展出了柯利达（Colita）、马斯庞斯（Maspons）和米塞拉斯的摄影集。在展览目录册子的前言里，当时的教育和文化部长也是西班牙前总统马里亚诺·拉霍伊写道："这些照片（'神圣左派'的照片）拯救了一个文化现象和一个时代，恢复了西班牙文化贫瘠年代中的一片狭窄的自由空间。"（*Ministerio*，2000：11）有人会说，拉霍伊支持这个展览是带有政治目的的，他希望在大选中赢得巴塞罗那上层阶级的支持。但是，作为他公开支持的结果，马德里政府的确是正式承认了巴塞罗那这个异议群体的集体身份，强调了他们对于这个国家在历史黑暗时刻的文化贡献，而非政治贡献。

关于20世纪五六十年代异议群体，包括但不仅限于"神圣左派"群体的崛起，学者们纷纷提出了不同的理论模式和理论术语试图来解释这一现象。这个巴塞罗那异议群体的另一个积极成员，何塞·玛丽亚·卡斯特列（José María Castellet）将他们同代的异议分子称为"世纪中生代"，用来指胡安·戈伊蒂索洛（Juan Goytisolo）、安娜·玛丽亚·马图特（Ana María Matute）、拉斐尔·桑切斯·费洛西奥（Rafael Sánchez Ferlosio）和卡洛斯·巴雷尔（Carlos Barrel）等等（Castellet，1958：51）。根据卡斯特列的说法，这一代人出生在1922年至1939年，他们在内战时年纪太小无法参战，但是战争以及战后的各种创伤性的影响他们却没有能够逃脱（Castellet，1958：50）。他认为这些知识分子对于他们的上一代发动战争有一种共同的怨恨，同时对于战后的压抑环境，他们同样也无法释怀（Castellet，1958：51-54）。卡斯特列的说法让我们想到了苏珊·苏莱曼（Susan Suleiman）关于第二次世界大战时犹太大屠杀的"1.5代"的理论，她认为他们太年幼无法理解当时发生在自己以及家人身上的悲剧，但是又足够大到能够亲历一切。换句话说，和本书探讨的其他佛朗哥儿童一样，杜斯歌同样也身负理解和解释自己童年的使命：她在战胜者家庭成长但是却和战败者家庭的孩子们一样经受各种挫折。她通过自己的作品努力地发掘她的挫折以及叛逆的根源,以便于和自己的过去以及她们这一代人所经历的过去和解。

巴里·乔丹(Barry Jordan)不同意卡斯特列的代沟论,他提出"阶级愧疚"说来解释战后这一代孩子们的叛逆(Jordan, 1995:246)。他也注意到20世纪60年代大部分的异议知识分子都来自佛朗哥派战胜者家庭。这些特权阶层的孩子们震惊于战后资产阶级上流社会的腐败和堕落(Jordan, 1995:246)。乔丹认为这个群体表达了一种"焦虑,他们焦虑地想要承担起责任来改正他们上一代人犯下的错误"(Jordan, 1995:246)。阶级焦虑在同属佛朗哥儿童的西班牙作家戈伊蒂索洛的回忆录《禁地》(*Coto Vedado*)的开篇一览无遗。在开篇中,作者坦诚地写道:"古巴革命的过程在我看来就是对于我们家族过往罪行的历史性严惩,这个过程将我从家族的桎梏中解脱出来,也将我从自己身上背负的沉重的历史包袱中解放出来。"(Goytisolo, 1985:11)

戈伊蒂索洛所谓的"沉重的历史包袱"来自他祖父辈对于古巴工人的无情压榨,而杜斯歌的阶级愧疚则和西班牙内战紧密相连。在她的自传中,杜斯歌通过儿童埃丝特的口吻,一遍又一遍地感叹着战后20世纪四五十年代极大的社会和经济不公(Goytisolo, 1985:28, 45, 98 & 124)。作者充分意识到战后年幼的她和她的家人所获得的巨大的物质利益。当叙述者历数年幼的主人公童年享受到的种种特权的时候,她没有忘记告诉读者她充分地意识到其他西班牙人当时的悲惨状况:在她的家人以及他们这个社会阶层的人们在大肆庆祝战争胜利、兴高采烈地出门旅行并且用各种方式狂欢的时候,大部分的巴塞罗那人民正在经历着极致的贫困、政治压迫甚至是失去亲人。作者写道："我们的人在千方百计地敛财、不计手段地享乐……虽然满目废墟，虽然成百万的人们失去生命……我同时还记得我很小就觉得这一切不对劲。"（Tusquets，2007：20－22）文中许多类似的描述显示了小主人公早期的社会意识促成了她最后的彻底转变，她从倾向佛朗哥的政治意识转向了其对立面，将自己认同于战败方。

除了乔丹和卡斯特列的理论讨论以及试图解释"神圣左派"的现象，在2000年前后，这个群体中的老成员们也在不懈地让公众听到他们的声音，他们在努力解释自己这群人在20世纪60年代的叛逆。在《神圣左派的24小时》一书中，当被要求定义这个群体时，大部分成员都提到"自由派""左派"，还有一些人说到道德家们对他们的指责，认为他们放荡不羁（Moix，2001：65，68，73，76 & 88）。在2011年3月18日，当这个群体中的一个著名成员奥里奥尔·雷加斯（Oriol Regàs）过世的时候，西班牙媒体重新燃起了对这个左派群体的讨论热潮。当罗莎·雷加斯——奥里奥尔·雷加斯的妹妹——被问到"神圣左派"的意义时，她谈起了自己的彻底转变，说："我不知道怎么定义这个群体，但是它和我自己的觉醒息息相关，和我的自我发现相关，和我的彻底转变以及我们许多人的转变有密切联系。它提供了一种和我们日常被灌输的方式不同的理解生活的方式。"（Ávila López，2004：235）杜斯歌和雷加斯有着共同的意识形态转变经历，在自己的自传中，杜斯歌将自己的心路历程放在战后西班牙的大背景中来加以剖析。她以这种方式促进了"神圣左派"群体的集体认同的建构，同时也完成了佛朗哥儿童的使命：通过写作，她努力想要理解战后发生在她以及她家人身上的一切。通过小埃丝特的观察和叙述，作者描述了资产阶级家庭令人叹息的状况。她对于佛朗哥派家庭的失望，掺杂着她的阶级愧疚和代际怨恨，这一切最终导致了20世纪50年代她彻底倒向反政府的立场。

将杜斯歌的讽刺性描述放在历史的背景下考察，我不仅仅分析她在文本中建构出的"我"，也同时关注建构文本的那个"我"。确切地说，杜斯歌的自传要放入西班牙"历史回忆法案"通过之后的历史和政治背景中来分析。作者在2007年出版了她的自传，这时西班牙刚通过"历史回忆法案"来第一次以官方的名义谴责佛朗哥政府以及他们在战争中和战后犯下的滔天罪行。与此同时，杜斯歌在公众面前公开表示她是出生在佛朗哥派家庭的孩子，并且详尽地描述了她的家庭以及他们那个社会阶层在战后享受的种种特权。她的态度是很明确的——童年时代，作为一个儿童，她属于战胜方。承认自己的家庭出身的同时，她给自己的自传取了个在当时那个敏感的历史时期看来很大胆的标题——《我们当年是战胜者》，同时在她自传的开篇又强调了一遍这个历史事实。通过描述佛朗哥派上层的生活和经历，作者希望能够修正在文学上的严重不平衡，到21世纪初，西班牙历史记忆文学完全被战败方的故事所主导。作者观察到："关于这个阶段，这个战后最艰难的时期，从战败方的角度已经产生了大量的作品……但是我觉得来自战胜方的材料和论述太少了。"（Tusquets，2007：7）杜斯歌叹息战胜方故事的稀少，同时也公开呼吁来自这一方的更多反思性的文字。

考虑到杜斯歌的一生为反佛朗哥意识形态做出的贡献，以及她对于巴塞罗那资产阶级上流社会的尖锐的批判，我们有充分的理由认为她开篇关于认同战胜方的论述是充满讽刺的。根据施莱格尔和哈琴的观点，讽刺的实质在于它展示矛盾双方的能力。换句话说，要批判童年的杜斯歌从属的社会阶层，作者首先应该作为一个内部知情人来描述 20 世纪四五十年代这些人是怎么生活的。在参观完一个加拿大的博物馆后，哈琴表达了她对于讽刺性作品的最大忧虑之一，因为那个博物馆以讽刺的基调展现了许多殖民主义档案。哈琴提到一幅图片，图片上展示了一位白人妇女在教导印第安人怎么注意卫生，哈琴写道："有人以讽刺的口吻来说着殖民主义的语言和逻辑，目的是展示殖民主义的暴力、强迫以及偏狭的观点。但是，这种讽刺性重复很多时候有不被注意或者不被理解的危险。"（Hutchen，1989：159）的确，加拿大策展人希望通过这幅图来讽刺殖民者的目光和观点，但是许多观展人通过白人妇女的眼神看待其他族裔，从而认同了图中白人的殖民主义视角。哈琴对于策展人的失望表示感叹，她也同时提醒我们许多读者在阅读文本时可能会停留在字面意思上而不做深层次认识。在这一章节中，我希望能够揭示并且分析杜斯歌隐藏在详尽的特权生活描述背后深深的讽刺意味。

从内部亲历者的角度描写战胜方的生活，传记作者展示了她的历史责任感。在她古稀之年回顾往事，杜斯歌不可能纠正她前代人犯下的错误；她能做到的只是将他们的生活以及她自己的童年反思性地记录下来。换句话说，作者建构的自我身份认同不仅仅是作为叛变了佛朗哥派的异议群体的一员，同时更是作为一个写作历史和自我转变的负责任的自传作家。尽管斯科特曾经提醒大家说经历不应该作为"知识的来源"（Scott，1991：790），但是毫无疑问个人经历仍然有它的见证能力，毕竟作者她曾经"在场"。一方面，读者可能被吸引着去回应或者探索作者讲述的经历是否可靠，因为这本自传是建立在作者自己的童年经历的基础上；另一方面，通过年幼的主人公的双眼看世界，读者容易产生同情或基于和她共同的经历产生认同。但是，批评家的任务是和文本拉开距离，去发现作者如何利用年少的她"曾经在场"的身份和地位来传递古稀之年的她想要对历史做出的评论。

作为一个负责的传记作者，杜斯歌对于自己作为佛朗哥儿童所经历过的童年的表达充满政治性。学者安赫尔·洛雷罗（Angel G. Loureiro）曾经感叹道："西班牙的自传作者……很少认可或者尊重他人的知情权……西班牙的自传很少承担起历史责任。"（Loureiro，2000：185）此外，洛雷罗还批评了某些西班牙传记作家的历史逃避主义，他"拒绝承担历史责任意味着在自传中历史仅仅是一个单纯的背景，大部分时候传记主人公并不愿意冒险去探求历史，探求历史的各种版本。"（Loureiro，2000：185）如果洛雷罗关于西班牙某些自传作家不负责任的描述在大部分时候是客观的话，那么杜斯歌正好抵御了这种不负责任的倾向和风气。在她的自传前言中，作者/叙述者清楚地表明了她的历史责任感，她写道："我觉得战胜方的材料和故事太少了……我相信我的个人经历可以对此有所贡献。"（Tusquets，2007：7）她继续描述："通过儿童、接着是少年的视角，我作为他们的孩子，从内部观察并描写了巴塞罗那的资产阶级在20世纪40年代和50年代是什么样的。"（Tusquets，2007：7）她以讽刺的口吻描写资产阶级生活的目的是为了唤起读者们的反思。换句话说，对于杜斯歌而言，选择写什么和以何种方式写完全出于一种政治考量。

如果我们考虑到2003年以来西班牙左派和右派之间争夺公共话语权的斗争，那么杜斯歌的讽刺中暗含的政治意味就更加明显了。乔·拉万尼认为21世纪的西班牙正发生一场"回忆战争",左派历史学家和记者在努力挖掘更多的证据证明佛朗哥派的压迫和镇压(Labanyi,2007:97)。根据拉万尼的说法,"历史修正主义者的各种不负责任的言论将这场'回忆战争'变成了一场竞争,在这场竞争中左派和右派抢着认为己方是更大的受害者。"(Labanyi,2007:97)2003年,右派西班牙人民党政府对于"恢复历史记忆协会"(Asociación para la Recuperación de la Memoria Histórica)的活动采取了敌视的态度。利用这个历史契机,一些修正主义的史学家,包括塞萨尔·比塔尔(César Vidal)和皮奥·莫瓦(Pío Moa),纷纷发表了他们关于历史的言论。莫瓦捍卫了佛朗哥派在内战和战后的受害者地位(Moa,2009:177-198)。然而,杜斯歌在自己的自传中清楚明白地表述了战胜的佛朗哥派和战败的左派分子们在战后截然不同的经历和生活。她是这么写的:"在那个悲惨、肮脏、破碎、恶心、黑暗、无聊单调的巴塞罗那,在那个限制电力供应、商品凭票供应、超过半数的人口饥寒交迫几近崩溃的巴塞罗那……我们的人千方百计敛财、不计手段享乐……节日、舞会、化装舞会、庆典、周末滑雪、歌剧之夜。"(Tusquets,2007:20)这段描述,以她的亲身经历为证,让包括莫瓦在内的历史修正主义者持有的佛朗哥派受害观可笑又荒唐。

将杜斯歌和加西亚·莫拉莱斯关于西班牙内战后的描述放在一起审视就能进一步驳斥历史修正观,强化杜斯歌自传中的讽刺意味。杜斯歌在佛朗哥派的上层家庭长大并且讲述她的童年经历,目的是展示战胜者的腐败。佛朗哥政府赋予他们的物质利益和各种特权将战后的西班牙分为截然不同的两个世界:如果佛朗哥的"新"西班牙对于战胜者是天堂,那么对于战败者来说一定是地狱。叙述者回忆了她周围的人们如何拥抱1939年底内战结束的场景,她写道:"我当时三岁,我只知道发生了一件很好的事情,大街上人山人海,所有人都兴奋无比,大家喊啊叫啊,我母亲喊得比谁都起劲。"(Tusquets,2007:10)杜斯歌描述的这个欢天喜地的场景和《南方》中描述的阴郁景象形成强烈的对比,强调了战后西班牙两个截然不同的世界。在《南方》的小主人公的记忆中,战争结束后随着而来的是流亡和孤立,对于他们的父母如此,对于年幼的他们也一样。而在杜斯歌的回忆中,相反的,战争结束对于她的家人来说意味着解放和激动:"我父亲在那之前几乎有两年没有上街了,那一天他带我上街,将我高高举起,举在他肩膀上,好让我看到街上的军队游行。我母亲激动地喊着佛朗哥的名字……大家不停地高喊不停地鼓掌。"(Tusquets,2007:9)如果杜斯歌的自传不能用来支持左派的观点,那么至少它挑战了右派的历史修正主义。

杜斯歌越是强调佛朗哥派在战后肆无忌惮的享乐,她作品中的讽刺意味就越浓厚。哈琴认为讽刺本身是"跨越意识形态的",它可以被用来"破坏"或者"证伪"种种不同的出于各种利益的说法(Hutchen,1995:28)。如果我们同意哈琴关于讽刺"跨意识形态"的说法(Hutchen,1995:28),那么我们可以说杜斯歌用讽刺来证伪修正史学家的政治观点。同样,童年的建构也应该是跨意识形态的,因为佛朗哥派利用它来进行政治宣传;而佛朗哥儿童通过重建童年来挑战佛朗哥主义。在《我们当年是战胜者》一文中,杜斯歌关于童年生活的叙述,以讽刺的口吻不仅挑战了战后的佛朗哥主义,同时也挑战了当下的历史修正主义。讽刺以这种方式来获得它在当下的政治力量。在自传的前言中,杜斯歌号召更多来自战胜方的反思性回忆（Tusquets，2007：7）。关于西班牙内战抢夺话语权的竞争性回忆是杜斯歌讽刺文本研究的背景，而杜斯歌的自传又反过来展示了这个背景的不稳定性。换句话说，来自战胜方的更多反思性写作将会更深刻地影响回忆战争中双方的力量对比。或者说，背景不是简单被动的文本背景，它在限制文本的同时也受文本影响被文本改变。背景对于文本的依赖导致了写作的力量，同时也对写作者的历史责任感有进一步的要求。在这个意义上，埃丝特·杜斯歌是一个负责任的叙述者，她从内部观察了战胜者的生活，又和他们拉开距离以讽刺的口吻讲述了他们的故事。

杜斯歌提供了关于佛朗哥派上层家庭的详尽描述，同时她隐藏的讽刺口吻又揭示了她对于自己出身阶层的批判。她对于叔叔维克托的描写很好地表现了她的这种批判。她写道："叔叔维克托是纳粹的产物，在他周围聚拢了一堆像他一样疯狂的人……他们干的所有事情就是大清早跑到街上，手挽着手唱着德国纳粹的军歌，大声吼叫着，再间或喊两声'希特勒万岁！'他们随身携带的音响似乎要震碎了邻居们的窗玻璃，把大家都吵醒了……在20世纪40年代，我的叔叔以及和他一样的人，和我们一个阶层的人，我们这些打赢了战争的人，被允许为所欲为。"（Tusquets，2007：52）叔叔维克托大清早扰民，但是邻居们却不敢表示愤怒，因为上流资产阶级是特权阶层，他们有权利以他们喜欢的形式庆祝战争的胜利。内战的胜利让他们成为国家的主人；但是，随之而来的主人公意识并没有唤醒他们建设一个美好国家的责任感，而是点燃了他们享乐的欲望。如果我们考虑到西班牙20世纪四五十年代全国上下普遍以谨慎和沉默为行为准则的话，作者对于叔叔维克托以及他们一伙儿的描述就更具有批判性了。在佛朗哥的统治下，西班牙人学会了不仅仅对政治谨言慎行，同时对非政治话题大家也小心翼翼不表态。决定什么是安全的而什么是禁止的成为战后西班牙人日常生活的一部分。维克托叔叔和他们一伙儿明目张胆的喧哗打破了清晨的巴塞罗那死一般的寂静，这种寂静是佛朗哥政府强制的，也是战后许多西班牙人自动遵从的。杜斯歌描述的这种嚣张是上层资产阶级的特权之一，因为"他们不害怕。他们能够凌驾于国家法律之上"（Tusquets，2007：52），传记作者这么充满讽刺地替他们辩护。

  杜斯歌对于巴塞罗那资产阶级的批判在她之前的作品中也出现过。换句话说，杜斯歌在她的自传和之前的作品中建立了一种明晰的互文关系。在《我们当年是战胜者》一文中，她甚至直接借用旧作中的段落（Tusquets，2007：159）。如果说互文提供了丰富的材料让作者能够重新阐释、重新建构甚至于各种操纵，那么对于互文现象的研究就不能只关注被重新阐释后的文本，我们更应该关注作者从原文改变到新作的这个过程。确切地说，在杜斯歌从前的作品中，包括《年年夏天那片海》（*El mismo mar de todos los veranos*）（1978）、《爱情是种孤单的游戏》（*El amor es un juego solitario*）（1979）、《不再回首》（*Para no volver*）（1985）等，作者都用批判的眼光看待西班牙后佛朗哥时代资产阶级的堕落。但是在她的自传中，她将资产阶级堕落的源头追溯到西班牙内战后以及战争本身：打赢了内战成为资产阶级生活方式的最重要决定因素。这种影响从战后一直持续至今，这也是作者在自传题目中用过去完成式来暗指打赢战争的后续影响，它不仅影响了战后也影响了当下。

胜利者得意的笑声传遍杜斯歌的整本自传,强调了打赢战争带来的好处:"大街是我们的,城市是我们的,整个国家都属于我们。"(Tusquets,2007:52)将杜斯歌自传中的维克托叔叔和她之前的传记性小说《同一片风景的七次回眸》(*Siete miradas en un mismo paisaje*,1981)中的伊格纳西奥叔叔相比来看,我们发现伊格纳西奥叔叔就是维克托叔叔的原型,这两人有同样的恶习:他们都很残忍地对待马匹,他们都使劲扎马刺,他们都被身边的女性批判说"没有绅士样,甚至不像个男人"(Tusquets,1981:52-54;Tusquets,2007:51-52)。对两人描述的相似性为这两部都带有传记性质的作品建立了互文关系,但是这种互文关系下的对比同时也凸显了自传的特征:在自传中,维克托叔叔展现出了战胜者不负责任又自大的国家主人翁意识,而伊格纳西奥叔叔却不具备这个特征。换句话说,通过她的自传,作者揭示了她所属的资产阶级的许多愚蠢行为来自他们打赢了内战的史实。

作者探索战胜者的内心,将他们的无法无天归结到1936年至1939年内战中他们觉得自己受的委屈上。作者写道:"我们已经赢了这场战争……我们的人试图要治愈自己的创伤……同样也想恢复逝去的时光,以某种方式补偿自己受过的委屈和度过的艰难的日子。"(Tusquets,2007:17)许多战争胜利方在补偿心态的驱使下,选择了享乐主义来弥补自己。当我们想到故事的另一面的时候,作者对于资产阶级愚蠢行为的解释就显得很是讽刺。共和国派士兵和他们的家人在忍受了战后长达四个世纪的极度饥饿和政治迫害后,直到2007年"历史回忆法案"通过后,仍然还听到类似"西班牙内战中所有人都是受害者"的论调,尤其是这种论调还来自当时的政府首脑——首相何塞·路易斯·罗德里格斯·萨帕特罗（José Luis Rodríguez Zapatero）（Bond）。共和国派人士的家人们坚持不懈地寻求正义和要求真相，因为他们的家人在战争和战后被佛朗哥的死刑执行卫队枪决而许多人没有留下任何记录。如果根据杜斯歌的说法，佛朗哥派家庭在战后得到了各种特权作为战争补偿，那么反佛朗哥派成员的家人也有权利要求他们应得的补偿。杜斯歌对于战胜方的讽刺明确表明了她的态度：她建立起的二元对立——她对于上层佛朗哥派生活的描述和持佛朗哥派受害观的历史修正主义——目的都在于揭露后者的荒唐并且驳斥他们的要求。矛盾对立双方在作品中清晰的孰是孰非呼应了传统讽刺的特点，将历史修正主义有问题的史学观暴露在大众面前。

传统讽刺的方式不仅仅体现在杜斯歌对于她叔叔维克托的描述中，同样也适用于她对于自己身边的其他家人形象的刻画。将小埃丝特的家庭模式和佛朗哥派宣传的西班牙模范家庭对比分析就产生出一种强烈的讽刺意识，证明了佛朗哥宣传的欺骗性。家庭在佛朗哥意识形态中占据了中心的位置：家庭是社会的象征，代表了这个国家的稳定与和平。佛朗哥本人对于家庭的关注在他的影片《种族》中一览无遗。《种族》是独裁者以笔名海梅·德·安德拉德（Jaime de Andrade）创作的半自传性影片。学者凯瑟琳·奥利里（Catherine O'Leary）认为："《种族》可以作为佛朗哥意识形态的导读本。它宣扬了佛朗哥本人致力于传播的价值观，同时也批判了他摒弃的意识形态。"（O'Leary，2005：29）这部影片描述了一个模范家庭：一个常年在家中缺席的父亲在国外战斗保护家庭和国家，一个温柔而坚强的母亲照顾孩子并且在家等候丈夫的归来，孩子们欢乐的笑声在后院回荡。然而，杜斯歌自传中描述的她的家庭几乎和佛朗哥战后推广的家庭模式正相反。

杜斯歌自传中的父亲和丈夫形象几乎和佛朗哥宣传的好父亲、好丈夫形象形成了鲜明的对比，作者以自身经历为基础的描述让佛朗哥的宣传显得那么苍白无力。《种族》里的父亲佩德罗大部分时候在家中是缺席的，因为他总是在外战斗保护国家、保护家人。而小埃丝特的叔叔哈维尔，他也常年不在家。但是他的缺席却不是因为在外作战保家卫国，而是因为他常年与不同的女性保持婚外情。《种族》里的妻子伊萨贝尔担心丈夫的安全：影片开头是一个近镜头，展示了伊萨贝尔久久凝视着天空的忧虑眼神，她向上帝祈求自己的丈夫能够平安归来。而相反，小埃丝特的婶婶布兰卡却乐于见到丈夫不在家。杜斯歌是这么描述的："叔叔哈维尔在大沙发上打十分钟盹，然后就要离开，借口是去教堂念经，实际上却是去会情人。我的婶婶偷偷乐着，冲我打了个手势让我不要吱声……我后来才知道原来每次叔叔出去幽会情人后都会给婶婶带回一个补偿性的礼物，或是珠宝或者其他贵重礼物，此外，叔叔出门幽会还将婶婶从她的为人妻的义务中暂时解脱出来，或者说她暂时不用和一个她深深厌恶的男人做爱。"（Tusquets，2007：34）《种族》这部宣传影片神化了佛朗哥的形象，塑造了一个善良并保护弱小的男性英雄形象作为新西班牙的模范男性，并且在全社会推广。而杜斯歌的自传彻底地打破了战后男性的形象，展示了许多战胜者生活的腐败和腐朽，同时也揭示了佛朗哥宣传的欺骗性。

杜斯歌自传中的母亲形象同样也和《种族》中宣扬的女性形象相悖。影片中的母亲伊萨贝尔被描述成温柔而坚强的形象：她在家中无微不至地照料孩子们，同时又在丈夫不在期间承担起家庭责任。相反，小埃丝特的母亲被作者描述成一个冷血淡漠的形象。女孩和母亲的冲突是杜斯歌作品中常见的主题：冷漠的母亲出现在她之前的两部小说《年年夏天那片海》和《同一片风景的七次回眸》中。在自传里，作者也坦白承认："我不停地在写关于母亲的故事，有时候我觉得我写的所有作品都是关于我母亲的，或者说都是批判她的，但是我一直无法和她和解，无法将这一页翻篇，无法释怀。"（Tusquets，2007：64）在杜斯歌的自传中，母亲的没有胃口和拒绝进食与她对孩子的忽视紧密联系在一起。年少的埃丝特总是被母亲留给不负责任的女佣和保姆看管，甚至受到她们的虐待。作者描述了小埃丝特被母亲落在家中感受到的孤单："悲剧是我母亲她总是定期出去，从来也不带我，每天下午她都出门，而我在客厅里吻别她后，大颗大颗的眼泪就从我眼睛里滚落下来，我长时期地坐在那儿，一动不动，脑袋上高高地悬挂着佛朗哥的画像，我一个人，悄无声息地恸哭……我的孤独就是因为母亲不在，那种从来得不到你爱的人陪伴的孤独。"（Tusquets，2007：31）这段描述表现了儿童对母亲常年忽视的极度失望，这让孩子受伤很深，以至于在她古稀之年还清晰地记得当时的每一个细节。母亲留下的情感空缺导致成年的叙述者每次描述她的母亲时都想到"无爱"这个词（Tusquets，2007：65）。杜斯歌自传中刻画的母亲形象可以作为战后佛朗哥政府宣传的模范母亲的反面例子。

佛朗哥政府宣传并推广的西班牙式的稳定和谐的家庭模式在杜斯歌的自传中完全不存在。作者用来描述母亲和两位姨妈最常用的词是"三个嫁错郎的女人"（Tusquets，2007：34，58，96）。换句话说，母亲和自己的两个姐妹都是出于实际需要联姻而没有爱情。没有爱和交流让婚姻变得痛苦而压抑。如果家庭是国家的象征，那么杜斯歌作品中描述的压抑破碎的家庭忠实地反映了战后西班牙的社会状况。杜斯歌作品中刻画的破产家庭让我们想到了海梅·察瓦历（Jaime Chávarri）著名的纪录片《失望》（*El desencanto*），这部纪录片拍摄于1976年，佛朗哥死后，描述了帕内罗一家。影片中，著名的佛朗哥派诗人莱奥博尔多·帕内罗（Leopoldo Panero）的遗孀和三个孩子在回忆他们的生活经历，拼凑出了一个破碎的家庭环境。帕内罗家庭成员的讲述让观众感受到了深深的苦涩和失望，这在杜斯歌对于她冷漠的母亲的描述中我们也同样可以感受得到。隐藏在苦涩和失望背后的是作者和导演对于佛朗哥主义宣传的批判。在这个意义上，对于家庭这个社会单位的深切失望变成了对佛朗哥宣传的深刻讽刺，破坏了佛朗哥政府对内对外保持一个欢乐家庭面貌的企图，而这个欢乐家庭象征的是一个欢乐幸福的国度。换句话说，杜斯歌将讽刺用在了社会背景的层面：作品以及作品所产生的历史和政治背景之间产生了对比和矛盾，而讽刺正是来自这个不可调和的矛盾。对此，作者的态度是明确无误的，她坚持了一种批判的反佛朗哥立场。

作者反佛朗哥的立场，尤其是反佛朗哥意识形态宣传的立场是明确的，但是，作者对于代际问题的态度却是模糊而矛盾的。确切地说，杜斯歌在胜利的佛朗哥派成人和他们叛逆的子弟之间建起了一个二元对立的矛盾；但是，她的回忆却不时带有对家中上一代人的情感依恋。这个困境来自她作为佛朗哥派家庭的孩子和她后来认同于反对派之间的矛盾。卡斯特列曾经指出过异议知识分子因为战争和战后的种种压抑而怨恨他们的上一代（Castellet，1958：51-54），但是他似乎忽略了代际的情感纽带。杜斯歌的自传是代际复杂情感的一个很好例证。一方面，作者刻画了一个总是绝望抵制的孩子，她总在抵制成人强加给她的价值观和意识形态；另一方面，自传作者在古稀之年仍然充满怀念地回忆起她童年时代和家人度过的美好时光。在作者的看似矛盾的情感背后是她想要理解前代人——尤其是她母亲——的努力尝试。因为只有当她理解了母亲以及自己童年创伤的根源之后，她才有可能和过去达成和解。

关于代际问题，作者的讽刺意味更多地表现在文本层面。年幼的埃丝特和家中的上一代人构成了矛盾冲突的两方面。确切地说，小埃丝特对于打胜仗的态度经常和她周围的成人相左。小说中，1939年对于战胜者们意味着战争结束的狂喜，与此同时，却给他们年幼的下一代带来了迥异的感受和体验，代际矛盾从此开始。紧接着的战后，佛朗哥分子沉浸在战争胜利带来的喜悦中，这是一场"他们焦急地等待了数月"的胜利（Tusquets，2007：9）；而年幼的埃丝特感到的却只有失望。作者回忆说："我们的人赢得了战争，但是我却输了——我一回到灯光昏暗的家中就立刻明白了这一点——只有那个清冷的家才是我的一小片天堂。"（Tusquets，2007：18-19）战后，一旦大人可以重新上街出门了，小埃丝特就被父母抛给了女佣和保姆："我一整天一整天地见不到我的父母；他们希望我长时间地和佣人待着乖乖听话。"（Tusquets，2007：20）孩子在战后感受到的巨大失望可以被认为是年幼的主人公"我"和周围的大人们疏远和矛盾的最初标志。

作者一面继续讲述小主人公的沮丧，与此同时将私人故事变成了政治表述。杜斯歌在自传中不断提到小埃丝特总是胆战心惊

第四章　21世纪初围绕"历史回忆法案"的争端

（Tusquets，2007：24-26，43-44，46，80），并且将儿童的恐惧和战争联系在一起。在小埃丝特的家中有一条长长的吓人的走廊，每当必须要穿过这个走廊从家里的一头到另一头去的时候，小主人公总是竭尽全力冲过去以尽快穿过黑暗（Tusquets，2007：26）。满心害怕的脆弱的孩子需要父母的温暖和保护，但是她从来没有从父母处得到任何安慰：她的母亲总是嘲笑女儿的胆小，家里的其他大人们也一样；而她的父亲却总是太忙，根本没有时间和精力来注意到发生在黑暗走廊里的孩子身上的任何事情（Tusquets，2007：26）。杜斯歌在《同一片风景的七次回眸》中对这座黑暗的房子有过详细的描写（Tusquets，2007：1981：191-193），其中的小主人公叫卡拉拉，是小埃丝特的另一个类似的形象（Perez，2018：47），在书中她和埃丝特一样，每次穿过长走廊都胆战心惊。将杜斯歌的自传《我们当年是战胜者》和她之前的小说《同一片风景的七次回眸》放在一起对照着看的话，我们能够清楚地看到作者在自传中强调的重点：将她恐惧的根源追溯到战争，或者说更确切地说，追溯到成人在战争中的胜利。在关于家庭的描写中，自传有别于《同一片风景的七次回眸》的一个显著特征是关于主人公对于佛朗哥画像的反应。在《我们当年是战胜者》一文中，杜斯歌回忆道："在家里客厅的墙上高高挂着佛朗哥的画像！……在那个又长又黑的走廊里，我总是被恐惧包围着，我就差被要求在中途停下来向佛朗哥像敬礼了。"（Tusquets，2007：21）家里的成人高挂佛朗哥像，崇敬着这个带领他们走向战争胜利的人；而讽刺性的是，这个高挂着的黑白画像在儿童埃丝特心中激起的除了害怕没有其他。

战争的阴影笼罩着儿童，不仅仅在家中同时更在学校里。《鲜花环绕的花园》里的儿童安德烈斯·索佩尼亚不能理解象征新政权的弓箭标志，而年幼的埃丝特每次都害怕看到政府宣传的战争中的血腥场景。小埃丝特的学校不时地给小学生派发一个长长的名单，名单上是一些死亡的将士，他们曾经是这所学校的校友。学校意在激起学生对于国家和学校的骄傲和热爱，但是小埃丝特却只感到害怕：".我想到那些新闻纪录片里的图像以及我们死去的前校友的时候，总是吓得心脏猛跳。"（Tusquets，2007：60）20世纪40年代当小埃丝特上小学的时候，男孩的学校教育仍然强调身体的强壮，不断地提醒人们在西班牙不久之前刚发生过的战争以及德国希特勒青年团（Hitler Youth）的严酷体能训练。希特勒政府将青少年的精力导向民族主义，要求他们"一定不能软弱不能有温情……我要求所有青少年参加严格的体能训练。我们的目标是强壮灵活的青年——这是我要干的第一件事，也是我的首要目标"（Alryyes，2017：70）。观看学龄男童体操演出的所有父母们，包括埃丝特的母亲和叔叔维克托，既激动又为这些军事预备队的孩子们骄傲，他们不停地感叹这在从前只可能发生在强大的德国。维克托评论道："这些孩子们中的许多不日将会直接上到战场第一线……他们会是全世界最好的士兵。"（Tusquets，2007：60）和大人们的激动相反，维克托叔叔的话让小埃丝特回忆起她收到的宣传材料中死去的校友。换句话说，战争在小埃丝特心中就是死亡的代名词。小埃丝特在体操课上不尽如人意的表现，根据作者的说法，是因为她四肢的不协调（Tusquets，2007：58）；但是，考虑到同龄男学童的体操表演给她带来的阴影，我们有理由认为小主人公下意识地将体操和战争以及死亡联系在了一起。抵制政府强制的体操课在小主人公心里就相当于抵制她周围成年战胜者强加给她的佛朗哥派意识形态。也因此,小埃丝特慢慢将自己远离了上一代的战争胜利者。

作者将年幼的自己和周围的成人从政治立场上分开的欲望如此强烈,以至于她甚至质疑小主人公唯一和成人一起参与过的佛朗哥派庆祝。当佛朗哥的国民卫队进驻巴塞罗那的时候,他们受到了佛朗哥支持者们狂热的欢迎。作者回忆说:"所有人都很高兴地喊叫着……士兵们微笑着向我们打招呼,他们中的一位士兵在经过的时候给了我一面纸的小国旗,红黄相见的。可是现在我却不确定这一幕是不是真实发生过还是纯粹就是我的想象,或者说它发生过但是不完全是这样,而是被我的想象改编过了。"(Tusquets,2007:10)如果一个成年士兵递给一个儿童国旗可以看作传递胜利、传递意识形态甚至传承这个国家的话,那么作者对于自己记忆的质疑就完全破坏了这种传承:战胜方中的一些孩子,包括作者杜斯歌,他们在下意识地抵御上一代传承给他们的战胜者的信念。关于战争的遗产,迈克尔·理查德写道:"战后的西班牙人对于战后现实有精确的把握,他们修正了自己的意识以便适应新的游戏规则,因为社会政治环境变了。"(Richards,2002:110)但是成人对于环境的适应性不能应用在儿童身上,他们太小了,对环境的变化并没有很好的把握。然而,早熟的小埃丝特已经表现出了另一个问题:她和周围的佛朗哥派的世界不兼容。

因为她不能适应或者不愿意适应新环境,所以小主人公努力想要抵制资产阶级,并构建她自己的身份认同。在《我们当年是战胜者》一文中,埃丝特的问题从开篇到结束一直存在:她不停地在问"我们的人和我不是一派的,但是谁是我这派的呢?我的位置到底在哪里？"（Tusquets，2007：22，56，82，167）年幼的主人公无法认同周围的任何人；而且，她周围的成年人也很难在社会上找到自己的位置。劳拉·朗斯代尔（Laura Lonsdale）这么写道："空间在杜斯歌的虚构作品中是各种意识的来源……叙述者通过她重视的地理空间来了解社会，就像里赛欧剧场（Liceo），它是巴塞罗那资产阶级的堡垒和神殿。"（Tusquets，2007：248）在成年叙述者眼中，里赛欧剧场成为巴塞罗那资产阶级能够找到阶级认同感的最后的堡垒之一："这个剧场各种衰败，就像个巨大的讽刺……但它却是我的种族最正统的神殿，我的种族指的是平庸而堕落的资产阶级，在这儿，他们抱团取暖，觉得周围都是自己人，觉得安心，给自己虚幻的安慰，也以此远离大街上的人们对我们的敌意。在这儿，他们觉得自己仍然是强大而重要的，是那个建造了这座神庙的资产阶级。"（Tusquets，2007：158）叙述者以讽刺的口吻展现了资产阶级想要寻找归属感的绝望。他们只能通过访问某些地点来想象他们的群体。他们的绝望和迷茫不仅仅因为资产阶级在新政权下也面对着新意识形态，还因为他们中的许多人是投机分子，根本没有什么稳定的原则和价值观。

当作者通过里赛欧剧场来讽刺资产阶级可悲的状况的同时，她自己却也矛盾地将怀旧情绪投射到同一个地点。她回忆道："无论我多么负面地描述这些建造了又重聚在里赛欧剧场的资产阶级，我还是要承认，这个剧院是我生活的一部分，我目睹并亲历了它发展历程的每一步，我在剧院里度过了许多难忘的时光。"（Tusquets，2007：159）在接下来的部分中，作者详尽地描述了她年少时候在里赛欧剧场和她同一阶层的大人和孩子们一起度过的美好时光，她的描述充满怀旧和温情。她对于资产阶级生活方式的批判和她对于里赛欧剧场的美好回忆穿插出现，构建了一幅复杂的代际场景。当谈到周围成年人时，作者经常用"我们"和"我们的"，并没有把自己排除出这个群体："街道是我们的，城市是我们的，这个国家是我们的。"（Tusquets，2007：52）她对这些人腐朽生活方式的揭露展示了她和他们之间拉开的距离，但是她同时表现出来的对他们的情感依恋在文中也同样明显。在毫不留情地批评叔叔维克托的同时，她忍不住回忆起叔叔和她度过的美好时光："往事历历在目，就像发生在昨天一样：维克托将我举得高高的，都快要飞起来了，旋转得越来越快越来越快，越来越高越来越高，从屋子的一头转到另一头，然后是厨房……我高兴极了。"（Tusquets，2007：50）游移在亲情带来的美好和理性的批判和不认可之间，作者刻画了一个挣扎的儿童，她想要找到自己的身份认同：这种游移导致了作为儿童的"我"和上一代成年的"我们"之间的矛盾。

就像杜斯歌在自传里表现出来的那样，叙述者不断的转换句子的主语——无论是有意还是无意的——呼应了年幼的主人公对于自己身份认同的迷茫。在胡安·戈伊蒂索洛的小说《禁地》里的斜体的回忆部分，也有主语的不断切断，叙述者经常性地在"我""你们""有人"之间转换，尤其是后两者。相比较于书中其他部分经常出现的第一人称"我"，戈伊蒂索洛在回忆部分不断地在第二人称和第三人称中的游移展现了一个身份建构仍然在进行中的主人公。然而，杜斯歌自传中的人称转换比戈伊蒂索洛作品中展现出来的情况更复杂。在杜斯歌作品的题目和开篇句子，作者将她自己归入打赢了战争的资产阶级上流社会。她选择了"我们"作为表态的主语，同时又提出"三岁的我，属于战败者阵营"

(Tusquets，2007：9)。杜斯歌自传第二部分题目叫《回到城市》，这部分开篇运用同样结构的叙述但是换了主语，从"我们"换成了"我"："我的人打赢了战争。"(Tusquets，2007：17) 有意思的是主语换成了"我的人"，但是动词的结尾却用了第三人称复数，将自己排除在外了。为了进一步解释，叙述者又写道："我的人打赢了战争，但是我却失去了我的一小片天堂。"(Tusquets，2007：18-19) 很快，叙述者又将"我们"和"我的人"区别开："我们的人不是我的人。"(Tusquets，2007：22) 在接下来的论述中，她不断地在"我们"和"我的人"之间切换，并不解释这两个指称实际上都用来指什么人，也没有说明这二者之间的关系。

整部自传中叙述者在三个不同人称中的切换反映了代际问题的复杂性：小埃丝特不赞成成年战胜者的荒唐行为，但是她又无法切断和他们之间的情感纽带。换句话说，小主人公对于家中上一代人的观察揭露了后者的堕落和不负责任，让佛朗哥派的宣传在现实面前显得苍白无力。但是，作者提供的怀旧回忆也反映了儿童和上一代人之间不可切割的亲密关系。这种对于上一代人的复杂情感和波伊姆提到的"批判性怀旧"有类似之处。在《鲜花环绕的花园》的有关章节中，我分析了蒙萨尔韦关于民族主义的天主教教育控制下的童年的回忆，我认为温情的怀念和批判性反思是可以共存的。这个结论应该也适用于杜斯歌关于家中成年人的回忆。蒙萨尔韦和杜斯歌的作品都涉及战争和战后的童年：两位作家都将对于童年的怀旧和对佛朗哥的批判结合起来。不同的是蒙萨尔韦强调学校教育，而杜斯歌将怀旧和批判结合起来用在代际问题的描述上。

作者强调代际问题目的在于希望探索这个问题的根源。换句话说，杜斯歌的自传传递出了她的努力，她努力描述战后孩子们对于上一代怨恨的原因，她对于母女关系的不断提及正是这种努力的最好佐证。一方面，作者分析了她母亲所生活的社会和政治环境，希望发现母亲生活压抑的根源；另一方面，作者的讲述反映了小埃丝特将自己所有的不满和怨恨都发泄在了她冷漠的母亲身上。作者对于液体奶的描述也传递了她理解母亲的尝试。奶通常情况下和母亲以及亲情相关，但是在杜斯歌的自传中，奶象征了母亲的牺牲。她的母亲在战后干的第一件事情就是喝光了一整瓶牛奶，以此在弥补她在战争中受到的委屈；接着，母亲在战后准备奶制品成为她发泄对于生活的绝望和悲伤的方式。作者带着同情回忆道："我认为很少人会像我母亲一样感到那么无聊，她在她生命漫长的时间内都觉得无聊无所事事，或许她一生都这么觉着，我可怜的母亲，她曾经那么能干，那么有创造力又才华横溢，但是就像她那个阶层和她们那一代的其他女人一样，她注定被困在家中，照顾孩子、照顾丈夫、关注自己、参与在她看来没有任何意义的社会活动、帮忙组织各种慈善活动……她对这些一点儿都不感兴趣，于是母亲就像许多其他女人一样，像行尸走肉一般生活着。"（Tusquets，2007：18）而母亲偶尔为之的近乎神圣的准备奶制品的方式似乎赋予了她力量，帮助这个可怜的女人，让她能够挨过漫长的压抑的岁月：母亲出于实际需要和家族利益嫁给了一个她从来没有爱过的男人，她和其他许多女人一样，被要求在家中待着，不能进入公共领域展示她们的才华，她同样是佛朗哥治下极端保守的社会和道德环境的产物。

杜斯歌在她的自传中要探索的正是这种有害的社会结构。她将自己母亲的例子扩展到她那个阶层的所有女性，描述道：

"女人们，她们没有办法自食其力，她们从来没有机会可以从事除了照顾家庭和子女之外的任何工作，或者说，很多时候她们也并没有在照顾子女，只是监督着佣人让她们照顾自己的子女。"（Tusquets，2007：11）战后，佛朗哥政府的最大目标之一就是让女性远离工作场所。在讨论到佛朗哥时期西班牙女性的就业状况时，马丁·盖特这么写道："1938年在战争结束之前，西班牙颁布了一个条例，规定战后家庭恢复的任务主要由女性承担，要求年轻的西班牙女性放弃追求自由解放的幻想，条例规定'新西班牙要求女性将重点放在家庭上，同时放弃她们的工作职位'。"（Gaite，1987：52）当时，即使是那些极少数的职业女性也在报纸和杂志上公开号召女性在家待着（Gaite，1987：49）。换句话说，社会环境的压力将女性压制在家中，尤其是上层阶级的女性。如果佛朗哥政府将"家庭天使"（*ángeles del hogar*）当作战后西班牙女性的规范和标杆的话，杜斯歌对于女性实际状况的充满同情的描述就是对官方宣传的西班牙女性的所谓完美理想的巨大讽刺。

在批判佛朗哥政府强加给女性的地位和角色的同时，杜斯歌致力于建构一个不同的自我，以避免类似的悲剧。她极力想要避免的悲剧是女性的不独立。这种不独立可以是经济上的依赖也可以是心理上的依赖。叙述者一再地强调战后女性的悲惨状况，这种重复的强调也传达了作者希望有不同生活的强烈欲望。叙述者明显有强烈的欲望想要将儿童和她母亲那一代区分开来，她用了很多的文本空间来解释战后的社会对于女孩儿的要求以及她是如何反抗的。学校成为向儿童宣传佛朗哥意识形态的有效阵地，但是叛逆的埃丝特努力想要通过高等教育逃脱强加在她们这一代人身上的牢笼,尽管当时高等教育主要是面向男孩的。

相比较安德烈斯·索佩尼亚批判在民族主义和天主教控制下的学校教育,杜斯歌关于小学的回忆强调了性别问题。索佩尼亚描写下的公立学校是由教士控制的,而杜斯歌受教育的私立德国学校主要还是世俗的。尽管如此,根据叙述者的描述,这些私立学校对女子教育同样采取了极端保守的态度:"我们女孩子,几乎所有人,都接受家政教育。几乎所有的父母,包括我父母,都从来没有想过我有上大学的可能,尽管我很早就在学习方面表现了一定的天赋……我上了三年的家政教育课。"(Tusquets,2007:88)类似的女子教育的目标是培养服从和勤劳的家庭主妇,伺候丈夫照顾孩子。女人们唯一的可能的职业就是秘书、打字员和会计(Tusquets,2007:89)。但是,小埃丝特从小便叛逆,她拒绝走佛朗哥政府为女性安排的道路:她选修面向男学生的课程,并且报名上了大学,避免重复她母亲的老路成为一个无聊的家庭主妇,像她母亲那样只能在家庭这个狭小的空间里日复一日压抑地活着。

受佛朗哥政府对青年的社会和道德的限制,叛逆的佛朗哥儿童们需要渠道来发泄他们的不满。小埃丝特选择把怨恨发泄到她母亲身上,通过有意违背母亲的意志来激怒她。在《我们当年是战胜者》一书中,母女之间的冲突,或者说女儿有意的挑衅显露了她们这一代叛逆的青少年在20世纪50年代晚期感受到的不满甚至愤怒。在书中,叙述者塑造了一位冷血母亲的形象,她冷漠无情、虚伪做作并且还常年节食。于是,暴饮暴食成了女儿对抗母亲让她失望的武器,因为小埃丝特的母亲和所有她这个阶层的女性一样,重视外表形象。女权主义者苏珊·博尔多(Susan Bordo）曾经讨论过饮食失衡和主流文化之间的关系，她写道："对于年轻人来说，形象不仅仅是美丽与否，更多的是变成主流文化价值观所欣赏、看重并且鼓励的样子。"（Bordo，2011）年少的埃丝特有意让自己变得肥胖来挑战母亲以及以瘦为美的资产阶级文化。但是最后，女儿的报复让自己尝到了苦果。博尔多分析的某些女性停止进食患上厌食症，目的就是让主流文化认为她们美丽，但是年少的主人公却干了相反的事情。她不停地进食，后果就是她最后无法控制自己的胃口："突然间，我开始迅速地大量地吃东西，眼睛都不眨地将食物吞下肚去……我不惜一切代价到处觅食。"（Tusquets，2007：173）年少的埃丝特终于成功地将自己弄得狼狈、肮脏和肥胖（Tusquets，2007：173）。换句话说，埃丝特想要抵制战后主流价值观的愿望和那些得了厌食症想要迎合主流价值观的姑娘的愿望一样强烈：当博尔多讨论的那些姑娘没有了胃口的时候，年少的主人公无法控制地不停地在进食。她通过这种方式来反抗母亲，反抗她母亲作为资产阶级上层妇女所代表的文化和价值观。

　　从语言的角度来分析叙述者关于母女矛盾的论述，我们能看到作者的内心活动：年少的主人公的怨恨和挫败感最终都指向了西班牙内战，内战留下的创伤陪伴了她一生。在20世纪50年代后期，年轻一代的佛朗哥儿童们的叛逆精神达到了一个前所未有的高度，情绪高涨随时要爆发。杜斯歌回忆到：在大学里，学生们开始组织政治辩论和罢课，来表达他们对压抑的社会环境的不满（Tusquets，2007：201）。当她的同龄人们在大学里表现出战斗精神的时候，年轻的埃丝特在家里点燃了战火。她和母亲的战争很形象地表现了作者是怎么将私人故事政治化的。叙述者将母女之间的冲突比喻为一场战争,而冲突的原因是她坚持要和来自社会底层的一个双性恋男生发生亲密的关系。在这场战争中,她和母亲各占一方,相互争斗。她将母亲对她秘密爱情的反应看作是"举起战斧"的行为(Tusquets,2007:181-184),并且对于这个比喻一遍又一遍地强调着。

作者描述的对抗氛围就是战后时代精神的真实写照,尤其是在大学校园里。叙述者将她的叛逆精神描述为"一股颠覆性的战火"(Tusquets,2007:180)。对于战争和战斗精神的反复强调无疑说明,年轻的埃丝特对于母亲的反抗实际上是在反抗当时极端保守的价值观和文化,而这套价值观和文化是由战争带来的,或者更确切地说,是佛朗哥派在打赢了战争后强制推行的。换句话说,小主人公将母亲当成了佛朗哥统治下让人压抑的社会和政治状况的替罪羊。此外,我们还可以从叙述者不断提到的战争中看出,战争是主人公怨恨的终极根源,此外,她也在试图努力理解她的母亲:她母亲的悲剧性人生和她自己压抑的童年和青少年时代都是战争和战后独裁的产物。主人公和她的母亲属于战胜方,尽管如此,她们也要忍受佛朗哥政府强加的种种限制。在这种意义上,作者实际上质疑了战胜者和战败方之间严格的二元对立。通过理解她母亲的生活,自传作者最后缓和了代际矛盾,得以将不满和委屈的情绪疏导到战争和政府压制上。

除了理解母亲的努力之外,反复出现的和战争相关的表述也可以看作佛朗哥儿童挥之不去的执着。这些叛逆的孩子们太年幼,无法参加这场决定性的战争来改变西班牙的历史进程。西班牙内战和战后的各种压制是外界强加到佛朗哥儿童身上的,但是年少的埃丝特和母亲之间的战火却是由主人公作为报复点燃的。

主人公的报复表面上看是针对母亲的，实际上是针对整个战后压抑的制度的一种抗议。叙述者写道："最后，埋在我们脚下的炸弹终于爆发了。"（Tusquets，2007：183）但是，年轻的主人公输了她和母亲之间的战争，因此她期待的解放并没有来临。在主人公深深的失望背后隐藏的是叙述者面对历史的无能为力的哀叹。同样，她激进的同龄人们反佛朗哥政府的抗议也没有换来他们期望已久的解放：当1977年蒙克洛亚（Moncloa）条约签订的时候，革命情绪瞬间转化成了深深的失望，哪怕这种情绪从20世纪50年代后期就开始积累。特蕾莎·比拉洛斯（Teresa M. Vilarós）在她的《失望的后续连锁反应》（*El mono del desencanto*）中写道："1975年独裁者的死亡本该留下马克思主义实践的空间，但是就像我们知道的那样，实际情况不是那样……圣地亚哥·卡里略（Santiago Carrillo）在西班牙共产党第九届全会上公开宣称放弃列宁主义，第二年社会主义政党也在工人社会党的第二十八次全会上宣布放弃马克思主义。"（Vilarós，1993：89）

20世纪50年代晚期，年轻的埃丝特为了追求自由，努力为了爱情和她所能够信任的政治纲领而抗争。在她义务帮忙的社区里的女领袖的介绍下，主人公拥抱了天主教，就因为它所宣扬的爱："上帝就是爱，所有的一切都建立在爱的基础上：爱上帝胜过一切，上帝爱我们，我们也彼此相爱。"（Tusquets，2007：194）也为了激怒她不信教的母亲，她夜以继日地参加各种宗教仪式（Tusquets，2007：194），希望能够通过宗教找到情感的慰藉。她的宗教寄托很快就落空了，因为佛朗哥治下的教堂给西班牙人强加了各种各样的禁锢，尤其是给女人套上了沉重的枷锁。年轻的主人公很快就受不了种种限制，匆忙逃离了她视之为"监狱"的教会（Tusquets，

2007:196)。

为了反抗堕落的资产阶级世界,女主人公努力抵御佛朗哥主义的影响,而正是佛朗哥赋予了战胜方种种特权,也因此造成了巨大的社会不公。大学里20世纪50年代中后期的叛逆情绪严重地影响了埃丝特的政治立场。为了反抗佛朗哥主义,她首先从政治上背叛了她的家庭和她所属的社会阶层,也就是作者在题目中所指的"我们"。她的叛变不是一个独立的例子,而是"一种普遍的社会现象:让资产阶级的父母们失望的是,他们的孩子在大学里加入了左派"(Tusquets,2007:201)。戈伊蒂索洛在他的回忆录中也提供了一个类似的例子。换句话说,年轻的杜斯歌参与了一场集体的反叛,反抗政府,反抗她的阶级出身。但是,杜斯歌的叛逆除了给自己带来意识形态上的迷茫和失落之外一无所获。抗议佛朗哥政府,但是年轻的她又不知道从哪儿去寻找信仰。在绝望中,她找到了长枪党中的反佛朗哥派系,希望他们能够领导一场彻底的社会变革来取消社会上的不公正(Tusquets,2007:203)。最后,长枪党人欺骗性的纲领让年轻的埃丝特的社会变革梦想一夜破灭。

自传以主人公远离任何一种政治信条而结束:"我知道我再也不会加入什么政治党派了,再也不会有什么党员证,我希望行使我的权力,我作为知识分子的权力,在不同的状况不同的矛盾下具体问题具体分析得出我觉得正确的结论,而不是依附于任何一个政治群体。"(Tusquets,2007:220)这种疏离的态度不仅仅是主人公的态度,也同时是成年的叙述者的表态,她明确表示将不再参与无止境的意识形态斗争。在分析在犹太大屠杀中度过童年的作家雷蒙·费德曼(Raymond Federman)时,苏莱曼认为:

"费德曼拉开距离看历史的方式越复杂，他就离自己的传记更近"（Suleiman，2006：119），因为他可以从各个角度冷静地看待年幼的自己经历过的种种创伤和痛苦。同样的，杜斯歌将自己和过去拉开距离，并将自己从过去的经历中剥离出来，实际是为了拉近它并且追溯它的源头。

杜斯歌刻画了资产阶级生活的腐败并将自己从那个世界里剥离出来。她从亲历者的角度通过观察到的战胜者的生活讽刺了历史修正主义持有的佛朗哥派受害论。同时，年幼的埃丝特的挫败和对佛朗哥派上层家庭的失望是对政府宣传的家庭理想的极大嘲讽。杜斯歌运用了传统讽刺，在传记背景的层面表达了作者对于历史和社会现实的责任感，破坏了佛朗哥派关于战争的种种官方描述。她也由此建构了一个全新的自我，选择了和她前代人不同的政治理念。杜斯歌明确表达了她的政治立场并且批判了佛朗哥主义，目的是希望能够理解她童年时代发生的一切。她同时也描绘了复杂的代际关系，尤其是她和母亲之间的关系，为此她追溯到战争或者佛朗哥派的胜利，并认为这是所有一切矛盾冲突的终极源头。通过她的解释和探索性的写作，她理解了自己冷漠的母亲，和她前代人以及她自己的过去达成和解。杜斯歌的自传明确传递出了作者对于过去的态度：她认同战败方，谴责佛朗哥主义的胜利者论调；然而，同时她也通过探求和理解战胜方中许多人的不幸生活来达成和他们的和解。

第五章

走向世界的西班牙

——路易斯·马特奥·迭斯的《属于儿童的光荣》(2007)

从 17 世纪法国作家查理·佩罗（Charles Perrault）的童话《小布塞》（*Le Petit Poucet*）到墨西哥导演 1957 年的冒险影片《小拇指》，小拇指（Tom Thumb）的故事代代相传跨越了国境。和哥哥们在黑暗森林深处迷了路的小拇指，最后却战胜了食人魔，并且将哥哥们从悲惨的命运中解救了出来。一个类似的儿童英雄出现在西班牙作家路易斯·马特奥·迭斯（Luis Mateo Díez）2007 年的小说《属于儿童的光荣》（*La gloria de los niños*）中。在这部西班牙小说中，年幼的主人公也叫布加尔（Pulgar，在西班牙语中意为"拇指"），他受父亲病逝前的嘱托，千辛万苦穿越西班牙内战后的废墟去寻找他失散在内战中的兄弟姐妹们。名为布加尔的西班牙版拇指和佩罗童话故事中的小主人公有许多相似之处。换句话说，法国童话故事成了迭斯小说中的互文，小拇指被从 17 世纪的法国带到一个新的环境和背景下，成为《属于儿童的光荣》中的小主人公的原型。

互文现象包含相似性,但是同时也不可避免地涉及变化。阿根廷作家豪尔赫·路易斯·博尔赫斯(Jorge Luis Borges)曾经在他的短篇小说《贝尔·梅纳德,〈堂吉诃德〉的作者》(*Pierre Menard, autor del Quijote*)中举了一个极端的例子来说明互文关系中的变化。在博尔赫斯的短文中,贝尔·梅纳德一字未改地再现了《堂吉诃德》第一部分的第9章和第38章。评论家们从许多不同的角度讨论过这个短文,其中最经常出现的角度就是互文。迈克尔·沃顿(Michael Worton)和朱迪·斯蒂尔(Judith Still)认为这部短篇小说是"文学史上最有影响的互文作品"(Worton & Still, 1990: 13)。热拉尔·热内特(Gérard Genette)认为梅纳德的《堂吉诃德》片段不是抄袭,而是互文现象中的"最大限度的模仿"或者说"最小限度的改变"(Genette, 1997: 445)。根据小说中叙述者的说法,梅纳德的段落和原文已经不一样了。作为20世纪的法国作家,梅纳德的文本虽然看起来每个字都和原文没有出入,但是他加入了自己对于后塞万提斯时代所有历史事件的了解。因此,梅纳德从20世纪的今天出发再现了17世纪西班牙的遥远过往。博尔赫斯将梅纳德和塞万提斯的两段看起来一模一样的文本进行对比后,得出结论说:"梅纳德(或许是无意之中)通过一个新的写作技巧丰富了塞万提斯文本的艺术性。"(Borges, 1956: 54)换句话说,互文带来的变化——无论它是多小——能够让原本更加丰富,同时也能给原本带来颠覆性的效果。

朱莉亚·克里斯蒂娃(Julia Kristeva)的"互文"(intertextuality)概念强调了语言的双重性;语言或者说文学语言的二元性

一直是我分析佛朗哥儿童作品的主要关注对象。1966年，克里斯蒂娃将当时还不为人知的米哈伊尔·巴赫金（Mikhail Bakhtin）介绍进入西欧的时候提出了互文这个新概念。根据她的定义，"互文现象指任何由大量的引用构成的文本；或者指吸收并且改变了另外一个文本的新文本。互文的概念取代了'互为主体性'（intersubjectivity）的概念，而诗学语言就应该至少被看作双重性的"（Kristeva，1980：66）。她强调道："具有对话的二元性质的语言或者表述是双声的、多音的，拥有意思A的同时又带有另一个或者多个非A的意思"（Kristeva，1980：43）。A和非A的模糊性和多义性一直是我分析的重点。在第2章中，作者加西亚·莫拉莱斯和导演维克托·埃里塞通过隐喻传达了这种二元性，使得主人公的童年回忆成为面具，掩饰了当时不被官方鼓励的关于历史的政治性表态。在第3章中，索佩尼亚·蒙萨尔韦的混合文本形象地展示了批判性怀旧，同时传递出对于佛朗哥主义锐利的批评以及对于佛朗哥儿童们共同拥有的童年的温情怀念。在第4章中，杜斯歌以讽刺的口吻说着胜利者的语言以揭示他们的腐朽和堕落，以此来为自己构建一个不同于自己家庭出身的自我身份认同。在本章节中，迭斯借用了战后佛朗哥主义的宣传词汇"儿童的光荣"并且重新定义了这个词汇，再通过互文联系赋予了它新的含义。阐释构建新的光荣的儿童和童年的过程实际上是在追踪一个过程，一个通过互文文本和互文形象追踪这个词汇的内涵如何不断变化的过程。

　　构建互文网络的过程可以是永无止境的。克里斯蒂娃对于互文的解释和定义不仅仅来自巴赫金的对话式双重性，同样也基于索绪尔的系统性符号理论（Irwin，2004：228）。克里斯蒂娃打破了索绪尔的能指和所指之间的稳定联系,将能指的阐释完全基于它和其他能指之间的关系。就像威廉·欧文(William Irwin)对克里斯蒂娃互文的总结中所写的那样:"就像克里斯蒂娃看到的那样,我们面对的是完全自由的能指之间的关系。"(Irwin, 2004: 37)也就是说,一个单一的文本已经不再是最终产品了,它只是一个复杂的互文链中的一环,它同时也意味着一个开放式的产生意义的过程,或者,用克里斯蒂娃的话来说,文本成为"生产力":"单一文本是所有文本的一种可能的表现形式,互文现象指的是,在一个单一文本的空间里,许多的词汇和表达来自不同的来源,彼此交织彼此影响。"(Kristeva, 1980: 36)此外,文学作家们以不同的方式来创造互文联系。一些作家"将之前文学文本和文学传统中的情节、文体特征、形象、叙述方式或者词汇和句子插入新文本"中(Allen, 2000: 11);有些人从之前的作品中引用已经存在的名字(Müller, 1991: 103; Plett, 1991: 26);另外一些人借用之前的文学形象但是将他们改头换面(Müller, 1991: 103),等等。

　　文学元素之间的互文联系是复杂的,而社会和政治背景的加入又让本就纷繁复杂的画面更加多彩。克里斯蒂娃提出"我们在社会和历史中也可以考虑互文关系"(Kristeva, 1980: 36 - 37)。也就是说,所有的背景,无论是社会的、历史的、政治的或者是宗教的,都可以被看成是文本,形成互文关系。鉴于文本之间联系的永无止境的可能性,我对于迭斯小说的研究也并不旨在分析所有可能的互文的联系,更多的是探讨作者如何通过互文建构一个带有救赎能力的儿童,一个找到自己失散的兄弟姐妹的同时将他人从战后破碎的世界中拯救出来的儿童形象。追踪互文

第五章 走向世界的西班牙

关系中的原型，无论是文本还是形象，我有两个目的：一方面是背景的探讨，因为作者从互文关系中借用了颠覆性效果来表达他的反对，反对战后以及现在关于童年或者儿童的官方或者所谓的权威建构；另一方面是揭示隐藏的文本之间的联系，因为文本原型和20世纪40年代西班牙背景之间的互动孕育出了小说中的一个强大的儿童。

克里斯蒂娃关于互文的论述为我分析小说中的互文对话关系提供了强有力的理论工具。克里斯蒂娃最初提出互文的时候，将它赋予了强烈的政治意味，她将这个概念当作一个武器来反对20世纪60年代末法国社会的"对于单一声音的提倡以及对于多种声音的压制"（Allen，2000：43）。克里斯蒂娃将互文联系看作是一个开放的过程，并以此开放互文作品中的对话可能，她也以此挑战了"整齐划一的概念"，"权威化"以及所谓的"不可置疑的真理"的存在（Allen，2000：43）。换句话说，互文的概念从一开始就是用来抵制"单一声音"的（Allen，2000：45）。互文作为抵制唯一不可置疑的真理的定义对于分析《属于儿童的光荣》来说很重要。我对于作品的背景分析也因此带上了强烈的政治和意识形态色彩：我将分析作者如何通过和20世纪四五十年代的宣传材料的互文性对话来消解佛朗哥主义对于"童年的光荣"的官方话语。

我以分析佛朗哥版本的"儿童的光荣"为出发点，以此为参照来讨论西班牙作家迭斯对于同一个概念的重新建构。将战后官方的"儿童的光荣"的宣传和迭斯小说中的版本放在一起进行比较分析，一方面可以揭示佛朗哥政府如何操纵儿童形象为己所用、服务于新政权的政治目的；另一方面也展示了迭斯对于佛朗哥主义话语的颠覆。战后"儿童的光荣"的官方版本是由内战的胜利方书写的，这个版本也被用来当成模范童年教材，强加给当时的儿童。由于佛朗哥政权的强烈的宗教控制，官方版本的模范儿童的重要特征是儿童的救赎力量。换句话说，佛朗哥对于光荣童年的建构根源来自天主教。1937年3月19日，当时的教皇皮奥十一世颁布《反共产主义通告》（*Divini Redemptoris*），支持佛朗哥反政府军谴责共和国派。教皇宣布说："佛朗哥派的社会使命是正当的，他们是在捍卫真理、正义以及所有共产主义攻击的永恒的价值"，他认为佛朗哥的起事是"一场为了人类进步而进行的圣战"（Pope Pío XI）。佛朗哥政府借用了皮奥十一世对于西班牙内战的描述，将这场全民灾难描述成一场圣战，战败的左派们被描述为不信神的罪人，西班牙则是在罪人们糟蹋下的无辜牺牲品，而战胜方军队被描述为神圣而勇敢的捍卫者、拯救西班牙及其人民于水深火热的深渊中。

佛朗哥政府赋予儿童救赎的能力，将他们打造成为新西班牙的"光荣的儿童"。在佛朗哥主义统治下，有7位儿童进入封圣的流程：福斯蒂诺·佩雷斯-曼格拉诺（Faustino Pérez-Manglano）、拉蒙·蒙特罗·纳瓦罗（Ramón Montero Navarro）、桑托斯·佛朗哥·桑切斯（Santos Franco Sánchez）、约瑟菲娜·比拉塞卡（Josephina Vilaseca）、玛丽·卡门·冈萨雷斯-瓦莱里奥（Mari Carmen González-Valerio）、玛丽亚·克鲁纳·西马德比拉（María Columna Cimadevilla）和蒙特塞拉特·格拉塞斯（Montserrat Grases）。政府公开赞扬了他们的美德并将他们的行为视为西班牙内战后"儿童的光荣"，要求所有儿童以他们为榜样（Cejas，1994：28）。所有这些孩子都遭受过痛苦，最后死于疾病和极度的病痛；当他们活着的时候，他们整日为家人和西班牙人民祈祷。他们的光荣圣迹表现在对于痛苦的极度忍耐以及自我克制和宗教虔诚上（Cruz，2006：81 - 88，123 - 124，136 - 142，148 - 153，171 - 173，187 - 192）。换句话说，佛朗哥主义教育强调对于痛苦的忍受和对于权威的服从：每个人都被要求能够忍受不幸，相信上帝，祈祷能够被上帝拯救。儿童越能忍受痛苦越顺从听话，就越光荣越神圣。

社会榜样，包括光荣的儿童，都是打造出来的，而不是天生的。换句话说，他们都是社会和历史的建构。要分析他们是如何被造出来的并且如何被拔高到众人之上的地位，实际上是要分析这些榜样被造出来时的社会和政治价值观。对于迭斯而言，颠覆佛朗哥主义的官方话语及其创造出来的英雄榜样，实际上是要颠覆这个造英雄的过程，同时也在揭露佛朗哥主义下宣传背后的政治目的。通过刻画一个和官方宣传的光荣儿童不同的光荣儿童形象，迭斯成功地解构了佛朗哥派对于儿童形象的操纵。战后西班牙对于幼童的封圣是当时儿童形象政治化的最好例子。中世纪史学家迈克尔·古蒂旭（Michael Goodich）在研究中世纪封圣的模式时，指出圣徒的封圣实际上是"教会在奖励忠诚家族而不是对某个个人杰出行为的认可"（Goodich，1976：289）。在战后西班牙，宗教和政治是合一的，所以教会的行为也就代表了政府行为。英国学者杰萨米·哈维在分析佛朗哥统治下的年轻圣徒玛丽·卡门的时候，揭示了儿童的家族和佛朗哥家庭的亲密关系，作者证实了古蒂旭对于圣徒封圣的论断（Harvey，2002：119 - 20）。然而，对于儿童圣徒们更深入的研究显示封圣的复杂性，超过了简单的家庭渊源。

重新审视佛朗哥时代这七位小圣徒的传记和记录，我认为封圣行为实际上是佛朗哥政府的一种策略，以此来补偿和拉拢这些小圣徒的家族。换句话说，战后"儿童的光荣"的实际内涵是指他们的家族对于佛朗哥军队的支持。所有这些小圣徒都出生在战后官方大力宣扬的模范家庭中。其中一个被广为宣传的小圣徒叫拉蒙·蒙特罗·纳瓦罗（1931—1945），出生在一个非常虔诚的天主教家庭，他的家庭在第二共和国期间保护了许多教士并且冒着生命危险坚持秘密举行所有宗教活动（Cruz，2006：187 - 92）。在战后初期对共和国派的强力政治迫害和钳制意识形态的背景下，对小拉蒙的公开宣扬和认可实际上是认可他的家族对教会联盟佛朗哥军队的忠诚。换句话说，政治忠诚是战后新政权最大的关注，大力宣扬儿童圣徒正体现了这种政治焦虑。

官方原版本"儿童的光荣"指的是对于佛朗哥主义的虔诚和奉献，在迭斯的小说中，借用来的这个名词用于指人道主义，一种超过了意识形态斗争的普遍的人类价值观。面对着战争留下的大量废墟，叙述者号召人道主义："好人终究会是这个世界的主人，因为人性本善。这是一种对于人道主义的信念，因为人道主义能让这个世界更美好。"（Mateo Díez，2007：55）显然，在叙述者看来，救赎的力量必须来自人道主义，对于人性善良的信念应该超越任何一个政党或者宗教。这一结论和号召让佛朗哥政府的意识形态和宗教宣传显得琐碎而狭隘。

迭斯抵御了佛朗哥派对于模范儿童的宣传之后，并没有创作出一个取代这种话语的新版本，而是通过互文和跨文化跨国界的儿童形象进行对话。从对话角度研究这部小说，我希望能够强化我向来坚持的观点：佛朗哥儿童并不是一个同质的群体，也不是一个统一性的群体。因此我有意选取了不同的作品作为分析对象，这种选择本身就说明佛朗哥儿童是一个无论在社会、文化还是政治上都存在多样化的群体。通过对《属于儿童的光荣》一文的分析，我认为迭斯在重构西班牙内战后儿童和童年时的视野超出了一个特定民族国家的范畴。确切地说，通过暗指瓦尔特·本雅明的历史天使，西班牙作者在回忆国际战争的背景下讨论了西班牙的历史回忆问题；通过将儿童主人公和法国的小拇指以及第二次世界大战后意大利的布鲁诺联系起来，作者以互文的方式强调了儿童的能力。在他重构西班牙"光荣的儿童"的方式背后，一方面是他对于佛朗哥儿童官方版本的明确反对，另一方面是他广阔的视野以及希望将西班牙和西班牙历史回忆置于国际背景中审视的愿望。

2000年以来，对于佛朗哥儿童的重构有明显的多元化特征。有关讨论不仅涉及了政治意识形态、社会阶层、性别，还涉及了民族、国家和文化。在杜斯歌的自传中，她呼吁战胜方发出反思的声音，因为她相信"从战败方的角度已经有许多作品了，有回忆录也有虚构的小说"（Tusquets，2007：7）。考虑到战败方声音的丰富性，杜斯歌从亲历者的角度讲述了自己的特权童年以弥补双方声音的不均衡。除了政治意识形态的多样化之外，杜斯歌的自传同样也触及了国家和社会阶层的问题，或者更确切地说，触及了战后巴塞罗那资产阶级这个特殊阶层。实际上，在2003年，另一位巴塞罗那作家埃米利·特西多尔（Emili Teixidor）以加泰罗尼亚语出版了题为《黑面包》（*Pa negre*）的小说，呈现了加泰罗尼亚的一个农村地区无产阶级家孩子在战后的童年。2010年，这部小说被改编成同名电影，影片强调了战争以及战后高压对于儿童所造成的摧毁性影响。而社会阶层的问题则成为胡安·何塞·米利亚斯（Juan José Millás）2007年出版的自传体小说《世界》中的重点。小说中，主人公胡安·何塞回忆了他年幼时在一个底层家庭里经历的饥饿、贫穷和极度的寒冷。可以说，迭斯的作品丰富了对佛朗哥儿童形象的描写，促进并推动了同主题话语的多样化。

相比于以上提到的这些作品，《属于儿童的光荣》走得更远，它进入了一个跨文化交流的范畴。在1997年的一次题为"路易斯·马特奥·迭斯：通过文学和世界建立关系"的专题访谈中，迭斯明确地承认了意大利新现实主义对于他作品的影响以及他将自己的文学和世界联系起来的倾向（Diakow，1999：318）。2007年版《属于儿童的光荣》的小说封面就明显地体现出意大利新现实主义的影响。在这个令人印象深刻的场景中，一个小男孩目光坚定地望向未来的方向，而这幅封面插图直接取自著名的意大利新现实主义影片《偷自行车的人》（*Ladri di biciclette*，1948），导演是维托里奥·德·西卡（Vittorio de Sica）。封面的小男孩是德·西卡影片中的布鲁诺，在电影中父亲和儿子使尽浑身解数想要找回被偷的自行车，各种努力都无果之后，父亲打算背着儿子悄悄地偷一辆自行车。图片上的小男孩布鲁诺，和小拇指一样，成为《属于儿童的光荣》中小主人公布加尔的互文形象原型。

作者的跨国视野以西班牙内战后的国内形势为出发点和重心。换句话说，尽管作者的视野超越了单一国家的范围，但是他主要关注的仍然是西班牙当代的历史问题。我将分析小说中的布加尔如何让读者联想到本雅明的历史天使，以展示小说作者的国际视野和国内关注。小说中的主人公和历史天使的形象都和废墟密切相关，并以此呈现回归历史的诉求。我同时也将分析小主人公如何带有小拇指和布鲁诺的特征，以强调佛朗哥儿童的强大的支撑能力。此外，布加尔作为无辜儿童的形象也颠覆了佛朗哥政府宣传中的无辜形象，佛朗哥政府将这一论述加入了他新政权的国家形象建构里。这三个互文层次互相交错，构成了一个多面的带有救赎功能的佛朗哥儿童形象；在作者的描述下，这个儿童又是从战后初期的满目疮痍中崛起的，而这个重新建构起来的"光荣的儿童"形象，颠覆了佛朗哥政府宣传中的带宗教救赎意味的儿童形象。

  作者的互文式描述以及小说中大量存在的碎片化场景都表现了作者对于佛朗哥儿童的所谓权威官方描述的抵制，也是一种对于佛朗哥时代官方宣传的人民生活的不认同。文中大量的碎片化场景包括破碎的家庭、城市和村庄里随地可见的零散废墟、尸体焚烧后的残余、受伤和残疾的人们以及片段式的生活故事。小说主要是关于一位八岁的孩子流浪去一座遥远的城市，根据父亲临终的嘱咐，他可以在那儿找到失散的兄弟姐妹；同时，作者又在其中穿插了大量的下层西班牙人的生活故事，使得这部小说又不仅仅是关于小主人公的。此外，所有这些普通的故事都有一个共同的特征，那就是某种形式的不完整。他们中的一些人，比如流浪汉洛韦拉、三个面包师、逃亡的埃内罗都身有残疾；而其他一些人，比如绝望的老妇女、热情的中年妇女、单身的乡村姑娘、小主人公的教母以及小主人公，他们都经受着家破人亡的不幸。通过在布加尔的历险中加入各种各样的普通人的故事，作者展示了国家政治——尤其是战争——对于普通西班牙人生活的影响。作者通过讲述多层次故事，并结合他的互文网络，建构了《属于儿童的光荣》的复杂性。在这个多层次的复杂性中包含着作者对于官方单一话语的警惕以及失望。

　　作者改写官方版本的目的并非在于忘却过去,而是在于召唤历史回忆。小说对创伤性过往的回忆传递了作者的希望和历史责任感。本雅明对于保尔·柯利(Paul Klee)的画作《新天使》(Angelus Novus)的阐释对于我们理解《属于儿童的光荣》很有帮助。迭斯的布加尔和本雅明的历史天使之间存在着互文关系。确切地说,两个人物形象——历史天使和布加尔——都传递了作者通过保存废墟来恢复历史回忆的愿望。1940年,当本雅明目睹法西斯主义在德国的崛起之后,这位犹太哲学家创作了著名的《关于历史哲学的论述》(*Theses on the Philosophy of History*)。在第九章中,他评论了保尔·柯利的画作《新天使》,他这么写道:

　　　　他面朝过去。在我们看到一连串事件的地方,他看到了一个废墟不断累积的灾难,而最终这些堆积的废墟都一下抛在了他脚下。天使他想要留下,唤醒死者,将碎片恢复完整。但是一阵风暴从天堂吹来;狂暴地吹开了他的翅膀让他无法合上它们。巨大的风暴不可避免地将他推向未来,尽管他正背对着未来,与此同时,他面前的成堆的废弃的碎片已经越堆越高,高抵天庭。这个风暴就是我们所称之的"进步"。(Benjamin, 1999: 257 – 58)

　　通过历史天使的目光,我们看到了本雅明对于历史废墟的深刻关注,因为历史正在"不断堆积起碎片残骸"(Benjamin, 1978: 257)。历史天使试图通过残破的碎片修复他背后这个被摧毁的世界,但是他无能为力,因为天堂的风暴正在猛烈地阻止着他。

历史的废墟和残骸无时无刻不在召唤着,召唤人们回首过去:历史天使无法将目光从堆积如山的碎片中挪开。回首往事,人们需要恢复历史。恢复历史的核心就是本雅明对于救赎的执着。本雅明研究者理查德·武陵(Richard Wolin)总结了本雅明的观点,认为:"本雅明的过去本身带着救赎的使命。这也就是为什么他坚持强调回忆的方式,而不是将重点放在进步的概念上,因为很显然,进步从表面上看是面向未来的。"(Wolin,1982:xlviii)换句话说,本雅明的救赎指向过去,目的在于恢复历史记忆。也因此,本雅明通过历史天使的视角来展示废墟和恢复历史的关系。类似地,迭斯通过他对于碎片的执着描述来传递他对于历史回忆的深切关注。一方面,这些普通人的不完整的故事片段构成了战后日常生活的往事;另一方面,在小说结尾处,主人公已经成人,他回首往事,努力从当下已经重建的村庄里寻找过去的痕迹,寻找童年时自己看到的废墟痕迹:"那个在大太阳下、破旧的房子和满地的废墟之间迷了路的孩子能看到他成人以后的样子——那个在重建的社区的整齐和洁净之中找不着方向的成人。重建的社区保留了当年阳台上的铁杆,男人眼里看到的是四层楼的玻璃外面白色的护栏,顺着左边数过去第三个阳台就是他要寻找的。"(Meteo Díez,2007:222)很明显,作者通过文末成年后的主人公目光表达了他对于历史遗迹和恢复过往的深切关注。

随着"成堆的碎片堆积"在天使的脚下,本雅明呼唤"拾荒者",而年幼的主人公布加尔正是本雅明呼唤的拾荒者之一。在文章《爱德华·福曲斯,历史学家和拾荒者》(Edward Fuchs, the Historian and Collector)中,本雅明提出"正是拾荒者找到了进入历史灰色地带的路径……通过片段和照片"（Benjamin，1977：361）。换句话说，本雅明笔下作为拾荒者的福曲斯通过检视历史留下的痕迹，探索"活着的历史进程"，因为"历史的脉动今天仍然能够感受到"（Benjamin，1977：62）。对于本雅明来说，拾荒者的重要性在于他们能够通过废墟进入过去。历史的天使无法做到这一点：天使盯着在脚边堆积如山的垃圾，但是却没有能力触碰它们，更遑论去修复破碎的世界。一方面，柯利的画展示了天堂的风暴将天使从堆积的历史碎片中生生吹开，让他张开的双翅无法合上；另一方面，根据格山姆·索勒姆（Gershom Scholem）的说法，天使们仅仅是传讯息的使者，他们没有救赎能力，救赎能力只有弥赛亚才有（Scholem，1988：53）。有别于历史的天使，布加尔被作者赋予了弥赛亚的能量。小男孩的能力是通过他在小说中拾荒者的身份展示的："布加尔一大早就出门搜索垃圾堆去了，他在这上面花的时间取决于他所遇到的垃圾堆的大小……布加尔越来越熟练，能够在破砖碎瓦和垃圾之间腾挪转移，也培养出了找到宝贝的本能，仿佛在废墟和垃圾中找到好东西的本事是需要预感的。"（Mateo Díez，2007：13）在垃圾堆里搜索的孩子扒出了许多旁人抛弃的可以再次利用的个人用品。之后，在父亲临终的嘱托下，他出门在城市和村庄的废墟中寻找失散的亲人，而眼前的满目疮痍是战争的炮火连天之后留下的。小男孩在战后的废墟中找出的历史碎片将读者带回了战争和佛朗哥治下的过往。

在《属于儿童的光荣》中，小主人公布加尔面对着本雅明描述过的同样场景，眼前的"成堆的废弃的碎片已经越堆越高，高抵天庭"（Benjamin，1977：257）。但是，和历史天使不一样的是，作为拾荒者的布加尔，他能够直接进入废墟。两个作品共同拥有的末世般的场景强调了迭斯的小说和本雅明关于历史天使的论述之间的相似性。当本雅明描述到令人吃惊的碎片堆积的场景时,迭斯也刻画了一个不断累积碎片的后院:"破砖碎瓦在后院不断堆积,似乎有人在收集被破坏的物品似的:小区的垃圾拾荒成果丰硕,因为总有人不断地在抛弃和忘却。"(Mateo Díez,2007:90)虽然这部小说和本雅明的历史天使论述有许多的相似性,但是二者也有差异,就像博尔赫斯在他关于梅纳德的短文中指出的那样。确切地说,与历史天使不一样,在西班牙小说中,主人公布加尔作为儿童行使了救赎的能力,努力去恢复破碎的家庭并且修补破碎的心。换句话说,"救赎"在迭斯的小说中指的是恢复关于过去的记忆,同时拥有修补被破坏的世界的实际能力。确切地说,迭斯的主人公完成了历史天使所无法完成的使命,他回到千疮百孔的过去,寻找他失散的兄弟姐妹也同时帮助他人——至少是暂时的——从他们悲惨的境况中解脱出来。

在分析本雅明的历史天使的时候,雷蒙·巴格罗(Raymond Barglow)将天使的状况和本雅明自己的处境联系在一起,他提出"本雅明描述的历史天使无法逃脱的境况作者本人也经历过,那是一种个人和政治的艰难处境"(Barglow,1998)。实际上,这个困境也是经历过战争和战后的西班牙人的困境,他们就像历史的天使一样,被困在纠缠纷乱的历史中无法从过往的创伤中解脱。迭斯的小主人公,通过替这些佛朗哥儿童穿越回历史修补了那个破碎的世界,借此从压抑的过往中解脱出来。在"关于历史哲学的论述"中,本雅明提出了一个哲学性论述,他写道:"灾难性的过去等待着被救赎。这是前辈人和当代人之间的秘密契约。我们的到来是被期待的。就像我们之前的每一代人一样,我们也被赋予了微弱的弥赛亚能力，过往在呼唤这个能力。但是过往的账很难算清……即使是那些死去的人也难以逃脱敌人，尤其是如果他们战败了的话。因为敌人的胜利还没有停止。"（Benjamin，1999：471）回到过去的布加尔可以被认为是去执行前后几代人之间的秘密契约，去恢复历史记忆。虚构的布加尔能够产生一种疗伤能力，帮助现实中的同代人从他们经历过的佛朗哥统治下的压抑过往中解脱出来。

《鲜花环绕的花园》以及《我们当年是战胜者》带有明显的作者的生活和经历的烙印，与此不同的是，《属于儿童的光荣》一书更容易被认为是虚构小说。除了小说中展示的国际视角之外，迭斯比之前章节的作者对于往事更多了一份有意拉开的距离感。随着时间的流逝，和历史的距离感也不可避免地在增强：参加战争的第一代人大多都已经逝去，而佛朗哥儿童们也都到了耄耋之年。实际上，在分析"1.5代"幸存作家的作品时，苏莱曼的重点也放在文本传递出的与往事的距离感上（Suleiman，2006：199–200）。迭斯作品中与往事的距离感表现在他对于主人公的设置，他的主人公是虚构的儿童布加尔，他通过不同文化的互文文本赋予了小主人公各种特征。

作为小主人公互文原型的童话中的小拇指将迷路的兄弟们带回家而让全家团聚。同样的，西班牙小说中的八岁小男孩布加尔也承担起了修复破碎的世界的责任。这是成人应该承担的责任，但是他们却缺乏这种能力。面对着破碎的家庭和不幸的人们千疮百孔的心，布加尔努力去将人们凝聚在一起或者缓解人们的痛苦。布加尔没有辜负父亲的临终嘱托，他找到了两个失散的兄弟和一个失散的小妹妹。在途中遇到一个在战争中丧子的中年妇女，布加尔暂时承担起儿子的职责，陪伴悲伤的母亲聊天并且接受了她母亲般的关爱。为了回报单身的乡村女孩丽塔，小男孩帮助她和暗恋她的残疾面包师之间互传信息。小男孩类似的善举都带有同样的特征，将各种碎片整理到一起，将心碎悲伤的人们聚在一起让他们互相扶持。这就是作者在小说中呼唤的儿童的救赎能力。作者在强调战后社会需要的疗伤能力的同时，也在谴责战后独裁政府分裂社会的行为。

迭斯将救赎的希望寄托在年幼的主人公身上，他书中的孩子和成人的关系是颠覆性的。儿童和成人之间的颠倒关系也出现在这部小说的互文电影——德·西卡的电影《偷自行车的人》——中。小说封面上的布鲁诺形象让我们想到了《了不起的盖茨比》的著名封面，不仅是因为两个封面上都有让人印象深刻的眼睛，更是因为斯科特·菲茨杰拉德（Scott Fitzgerald）提到过封面的重要性。这位美国作家说："我已经将封面写进了小说中。"（Scribner，2000：161）我不能确定菲茨杰拉德的论述是否也适用于迭斯的小说，因为我们不知道是谁确定的小说封面，但是我们还是能够得出结论：将布鲁诺作为封面对于这部小说来说是完美的。对于布鲁诺这个形象在原影片中的分析有助于我们理解作者对于布加尔的刻画和期待。

作者在德·西卡的影片和自己的小说中建立的互文关系不仅通过小说的封面，还通过两个主人公身上的共同特征表现了出来。在《偷自行车的人》中，德·西卡塑造的儿童形象就像个充满爱心的成人。这一特征也成为《属于儿童的光荣》中小主人公的主要特征之一，同时这部西班牙小说可以看作德·西卡影片的自然和符合逻辑的后续。换句话说，这两个小主人公之间的互文关系丰富了彼此的形象。在影片中布鲁诺与父亲的互动展现了成人的不负责任，与父亲的不成熟形成强烈对比的是儿童强烈的责任感和坚定的决心：孩子成为成人的父亲，孩子提供了未来的希望。如果本雅明和柯利将未来的希望寄托在天使身上是出于他们对于人类的失望，那么我们可以认为迭斯赋予儿童救赎能力是由于他对成人的失望。通过互文的视角来分析《属于儿童的光荣》中的儿童与成人的关系有助于我们理解西班牙作家的失望。

意大利影片的开始部分定义了父亲和儿子的关系。影片以父亲李奇不成熟的行为开篇：他斜靠在一个小喷泉边，像孩子一样地玩着水。他懒散的样子和不远处广场上其他那些失业的工人们形成强烈的对照，那些工人们正在挣扎，努力争吵着想要一份工作养家糊口，因为工作机会太稀少。下一个镜头转向了李奇家中，在家中，他八岁的儿子布鲁诺正在用一块抹布仔仔细细地擦父亲从当铺里赎回的自行车的条幅。如果自行车象征着生活的和谐与平安的话，那么在照顾自行车的布鲁诺就被描述为家庭安宁生活的守护人。清晨的阳光透过窗户照在孩子的脑袋上，打出了一圈光晕，衬着屋里昏暗的背景，小小的布鲁诺处于神圣而光明的色调背景中。当看到父亲哼着小调快乐地进屋时，小布鲁诺批评李奇说他忽视了自行车，因为小主人公在车轮的轴承上发现了一个凹口。面对儿子的指责和严肃的表情，父亲没有正面回应，而是漫不经心地和小男孩开着玩笑东拉西扯。还有几个容易被忽视的细节也反映了儿子的责任感。在父亲和儿子出门去上工的时候，是儿子转身轻轻关上了房门，尽量不吵醒还在床上睡觉的弟弟。和儿子形成对比的是，父亲似乎仍然沉浸在找到新工作的喜悦中，甚至没有注意到小主人公蹑手蹑脚地关门。父亲和儿子的行为说明他们在生活中角色颠倒：儿子比父亲更像父亲，守护着家庭，照顾着年幼的家人。

和李奇一样的是，西班牙小说中布加尔的父亲也一样没有尽到一个负责任的父亲应尽的义务，他的不负责任更多地表现为他在家中的经常性缺席。作者通过表现母亲的痛苦来强调他对于父亲不负责任的批评："忙碌的母亲遭遇了被抛弃的命运，因为父亲一开始的缺席随着日子越来越艰难渐渐变成了一种让人无法理解的行为和极度的懒惰。"（Mateo Díez，2007：49）在《属于儿童的光荣》中，父亲角色的残缺超越了家庭范畴，有着社会和政治根源。战后，抑郁在西班牙大地上蔓延，尤其是在战败者及其家属中。小说中的父亲在战败之后就陷入了深深的抑郁。父亲坦诚地说："这个和个人意志有关，和个人意志的缺乏有关。没有了野心也没有什么个人意志，甚至连活下去的欲望都没有了，连早晨起床面对生活都变得那么困难。这不是懒惰的问题，而是在内心深处有一种痛，一种有别于肌体疼痛之外的痛苦。"（Mateo Díez，2007：80）当小主人公的父亲无法从战败的打击中恢复过来时，母亲在生活的压力下不堪重负总是保持沉默："母亲是一个沉默的女人，她的沉默让布加尔感受到她的痛苦，不是来自她病痛的疼……而是来自生活带给她的种种痛苦和不幸。"（Mateo Díez，2007：46）《属于儿童的光荣》中母亲的沉默让人想到《南方》中的氛围，沉甸甸的压抑和消沉无时无刻不环绕在主人公的童年生活中。在《属于儿童的光荣》中，作者对于压抑的描述超越了家庭的范畴，延伸到了整个西班牙内战后的社会中。

作者对于战后社会的现实主义描述让我们想起意大利的新现实主义，德·西卡的影片很好地代表了这个电影流派。在《属于儿童的光荣》的封底上，这部小说被描述成"一部带有强烈新现实主义色彩的小说"。根据露西娅·雷（Lucia Re）的描述，新现实主义最显著的特征就是"见证历史"并且"促进对于还不遥远的历史的叙述性重构"（Re，1990：13）。意大利电影流派的这两个显著特征也让我们想起本雅明对于回忆和重写历史的呼唤。此外，新现实主义还要求作者有强烈的社会责任感，这一点从我们讨论的西班牙小说里对战后普通人的悲惨生活的描述中可以感受到。当讲述这些人的生活经历的片段时，叙述者的口气是同情的；他的同情源于作者在年少时的经历以及他成人之后对于这些过往的理解。在谈到小说中的各种战争以及战后的日常生活时，作者说："小说是一种工具，它需要通过作者的经历和回忆来显示复杂的审视和分析。"（Catalán，2004）

从美学上说，迭斯将新现实主义和互文完美地结合在一起。根据雷的观点，新现实主义作品总是以明确无误的方式探讨当代的社会问题，因此，新现实主义作家反对实验主义和互文，因为这两种艺术形式"偏离了文学交流和指涉的功能"（Re，1990：34）。换句话说，在互文中包含的意义网络似乎和新现实主义对于当代问题明确而具体的探讨不相符。但有意思的是，在《属于儿童的光荣》中，新现实主义和互文和谐并存。这种共存也验证了我的观点，我认为迭斯具有国际视野，但他的国际视野根植于对国内事务的关注。作者提到不同文化中存在相关的形象，但是他的互文指涉都围绕着他对现实的关注——对战后残破世界的深切关注。

作者对于这个压抑世界的现实主义描述给我们留下深刻的印象，认为西班牙这个国家已经没有希望、没有未来了。除了小主人公的家人之外，布加尔在路上遇到的流浪汉罗维拉也成日借酒浇愁、以偷窃度日，整天等候她失踪的孙子而日夜流泪的老太太疯了，另一个在战争中失去儿子的夫人终日沉浸在忧伤中，大量的人们在战后肢体残缺。人们的心理和身体状态也对应着小说中阴霾的社会氛围的描述：这个国家在战争中受到了重创，随处可见各种碎片残骸和废墟。迭斯在小说中是这么描写波雷内斯小镇的："家庭破裂，房子被摧毁……在这个坟场一样的波雷内斯镇……到处弥漫着脏灰的味道，火盆在细雨中燃烧，燃料是人的尸体以及亡者生前的各种物品，浓重的灰烟就像火葬场的气息一样，一阵风刮过，带起了各种灰烬，还有讣告碎片。"（Mateo Díez，2007：23-24）生活在这儿的人们，被战争或者战败所摧毁，已经失去了生存之道。

然而，和成人的消沉与无望形成对比的是，他们的孩子们，像布加尔一样的佛朗哥儿童们，他们从废墟中站了起来，应对父辈留下的不幸的家庭和社会状况。在之前讨论的三个章节中，作者和导演都在讲述关于过去的故事，并且从当下的角度对于过去问题做出了明确的政治表态，与此不同的是，《属于儿童的光荣》更多的是面向未来。确切地说，迭斯利用既有的形象，从这个互文的儿童形象中汲取了儿童的能力，并通过这个能力传递出对于一个更好未来的向往。诺埃尔-史密斯（Nowell-Smith）对于新现实主义的解释也提到了类似的希望："新现实主义的故事和影片通常讲述的是普通的生活，不论是德国占领下的极端情况还是之后的物质极度缺乏的年代。新现实主义作者和导演对于重新构筑未来都带有一个共同的展望，那就是未来和刚过去的法西斯的历史一定有彻底的不同。"（Nowell-Smith，2005：425）

从某种程度上说，诺埃尔-史密斯也同样有本雅明对于历史记忆的关注。本雅明在回应马克斯·霍克海默尔（Max Horkheimer）关于历史的不完整论述时提出"历史不仅仅是一门科学，还是一种回忆的方式。科学'确认的'历史回忆可以修改"（Benjamin，1999：471）。换句话说，本雅明赋予历史重构和改变的可能性。本雅明对于历史可修改性的信念正是他和法兰克福学派创始人霍克海默的最大分歧。本雅明相信回忆的能力，同时关注运用这个能力的手段。根据武陵的说法，"本雅明提醒世人说回忆的本质就在于为了后代如何建构和重构历史"（Wolin，1982：260）。换句话说，本雅明关于废墟和恢复历史的讨论反映了这个德国思想家对于重构战争回忆的不同方式的关注。

　　关于如何重建创伤性过去，迭斯和本雅明看法相似。除此之外，西班牙作家还关注历史重构的主体：谁有能力为了后代重新建构历史？《属于儿童的光荣》中提供了一个明确的回答，那就是佛朗哥儿童，这些童年时期经历战争和在战后初期遭受压迫的人们，在面对战后的废墟时，有能力——或者用本雅明的话说，有了弥赛亚的能力——重新建构一个更好的未来。对佩罗《小拇指》的互文分析能更清晰地看出迭斯相信未来会更好的乐观态度。法国作家笔下的小拇指在被父母抛弃到黑暗森林里之后，打败了庞大的食人魔，最后把兄弟们都带回家了。和哥哥们一起回家时，他还带上了食人魔的宝物。这个看起来弱小的孩子最后成了解决危机让全家团圆的关键人物。从互文的角度研究《属于儿童的光荣》的话，我们可以得出结论，以布加尔命名的西班牙作家笔下的小拇指也继承了他的互文形象原型的能力让未来更好。

　　将西班牙作家笔下的布加尔和法国作家笔下的小拇指放在一起分析可以看出迭斯对于未来的乐观，而对《属于儿童的光荣》

第五章 走向世界的西班牙

和《偷自行车的人》的互文分析能明确看出前者的小主人公是如何运用他的救赎能力的。德·西卡的影片结尾暗示了寄托在儿童身上的弥赛亚能力。在最后的一个场景中，父亲李奇在偷车被发现后遭到了毒打。一个长镜头显示他被众人推到一个十字路口，接着一个近镜头推在他的脸上，一张成人的通红的脸，脸上充满羞辱和深深的不知所措。在这时，小布鲁诺使劲拨开人群，挤了进去，伸出胳膊想要支撑父亲，似乎想要阻止他的跌倒和沉沦。之后，布鲁诺拉着父亲的手，两人跌跌撞撞地往前走。镜头从李奇茫然的表情慢慢摇到他们拉着的手上，父亲站在布鲁诺右手边。父亲和儿子之间的相对关系是象征性的：在《圣经》中，伸出右手象征着保护和施恩（Psalm 18.35）。在《新约》第二卷中的第16：19节中，"耶稣坐在上帝右手边"暗示着上帝将神圣的能力和权威赋予了基督耶稣。基于这个西方的宗教传统，我们可以认为影片的结尾是父子关系完全颠倒的表现，儿子将支撑的力量通过他们拉着的双手传给了父亲。

和意大利影片类似，我们分析的西班牙小说中也充满了作者对于小主人公的手的描述，这儿的手同样象征着能力和力量。小说中，伸出手意味着指路、忠诚于友谊以及提供安全感。小说中题为"缺席"（*La ausencia*）的章节描述了父亲如何沉溺于自己的忧伤中，章节结尾就是小主人公布加尔拉着父亲的手给他指明回家的路："'这儿走。走吧，我们一起走'——布加尔说，同时他向父亲伸出手，坚定地并且充分知道自己力量的孩子向父亲伸出了手。"（Mateo Díez，2007：64）找到了失踪数个星期的父亲之后，孩子引导着父亲走上了回家的路，并且在寒冬的夜里给他温暖和支持。在题为"手"（*La mano*）的章节中，作者通过对小主人公的描述展示了孩子是如何给父亲传递支持力量的:"布加尔的手热乎乎的,父亲边走边摇晃着,布加尔拉着他的胳膊,带着他往前走,就像在颠簸漂泊的海上替他找到前进的方向。"(Mateo Díez,2007:78)让人遗憾的是,本该养家糊口撑起一个家的父亲不得不依赖儿童的力量和支撑,而本该受到保护的儿童反过来成了强者。在小说中,战争通过颠覆父子角色重新定义了他们之间的关系:根据叙述者的讲述,儿童比父亲更像父亲,儿童伸手拉住父亲,防止他迷失回家的方向,阻止他因抑郁继续消沉下去。

《属于儿童的光荣》中不成熟的成人除了布加尔的父亲之外,还有他在路上遇见的许多成人。布加尔和流浪汉罗维拉遇见的场景与德·西卡影片中的最后一幕相似,在意大利影片中,小男孩吓坏的样子成功唤起了周围人的同情,也将父亲从拳打脚踢中解救了出来。在小说中,布加尔伸手帮助了罗维拉,因为流浪汉曾经将食物分享给布加尔,小男孩以自己的友谊作为回报。当罗维拉像布鲁诺的父亲一样因为偷窃陷入同样的境地时,布加尔穿过愤怒的人群,伸手来帮助罗维拉。布加尔装作一个因饥饿而哭泣的儿子,引起众人同情,将罗维拉救出了困境:"布加尔的哭声就像要撕破嗓子了……那些紧紧拽着罗维拉的人不由地松开了手……布加尔的哭诉似乎要将他短短的一生所受的所有委屈都哭出来了……罗维拉拉住了布加尔伸出的手,暗暗做了个佩服而感激的手势。"(Mateo Díez,2007:72)于是,小主人公成功救出了罗维拉。此外,作者对于布加尔领着罗维拉、带着他走到安全处的描述让读者想起了布加尔和他父亲的关系。小主人公不禁感到:"他向罗维拉伸出的手就跟他对他父亲伸出的一样,那天下午,他也是这么充满力量地向父亲伸出手,带他回家去。"(Mateo Díez,2007:

73）虽然布加尔和我们讨论的其他佛朗哥儿童一样，并不完全明白周围世界发生的一切，但是他足够坚定，勇于承担起帮助他人、照顾兄弟姐妹的责任。

有意思的是，布加尔强烈的责任感并不来源于他的生活经历，而是来自他作为儿童的纯真。布加尔的教母曾经这么描述过他："这孩子比大人还要强大。他的勇气并非来自生活经历或者人生智慧，而是来自他无比珍贵的纯真。"（Mateo Díez，2007：17）纯真（innocence）这个词，来自拉丁语 innocere，由两个词根构成，in 和 nocere。"In"意思是"不"，而"nocere"的意思是"伤害"，两者结合在一起，就是"无害"的意思。这个词不断地出现在迭斯的小说中，全书中出现了 23 次。在一个被战争摧毁的残垣断壁的世界，"纯真"一词的不断重现可以被理解为对美好未来的憧憬：在一个完全被破坏的满目狼藉的世界里，无害生物的幸存或者说崛起使更好的未来成为一种可能。

将《属于儿童的光荣》放入小说设定的社会和政治背景中分析有助于我们看清西班牙作家对于纯真这个概念的反思。小说的背景是战后初期的西班牙，佛朗哥政府也不断在强调"纯真"这个概念。无论是佛朗哥政府的官方宣传还是迭斯的小说都将"纯真"和"有害的"相对立，但是他们对这两组概念的定义却大相径庭。迭斯的小说背景是 1939 年年底至 1940 年年初，战争刚刚结束。要理解迭斯对于佛朗哥官方定义的改写，就必须要先分析佛朗哥政府是如何利用并且操纵"纯真"这个概念的。

"纯真"这个概念在佛朗哥政府有着社会和政治功能。儿童，代表着无害又无辜的群体，被用来象征战后的新政府和新国家。换句话说，儿童的纯真在佛朗哥政府建构新的民族认同的话语中起着关键性作用。佛朗哥通过推翻合法的共和国政府而攫取了政权，因此，将战后政权合法化在西班牙国内和国际上都是一个紧迫的任务。纯真的概念正好迎合了这个需求。确切地说，建构一个无害、无辜的形象有助于佛朗哥政府洗清过往的"污点"。在官方宣传中，共和国派被描述成国家公敌，和纯真的儿童形象形成鲜明的对比。根据佛朗哥政府宣传材料，所有的暴行都是共和国派犯下的。

从20世纪四五十年代的儿童读物中能很明显地看到相关的官方宣传。在《鲜花环绕的花园》中，安德烈斯·蒙萨尔韦回忆到，对于战后的儿童来说，他们很难从战后儿童读物宣传的各种恐怖暴行中解脱出来（Sopeña Monsalve, 1994：74）。这些书编造了许多儿童可能陷入的危险处境：包括天主教的儿童被邪恶的犹太人绑架并烧死，不虔诚的孩子受到上帝的严厉处罚，不小心的儿童被逃跑的共和国派逃兵绑架并残忍杀害，等等（Sopeña Monsalve, 1994：72, 74 & 75）。通过这些读物和其他政治宣传，佛朗哥政府成功地将共和国派抹黑成了迫害儿童的罪犯。就像索佩尼亚和杜斯歌回忆的那样，许多佛朗哥儿童至今还有印象，战后官方宣传说，在内战中西班牙人保家卫国抵御外敌入侵，换句话说，就是共和国派被抹黑成了全国人民的公敌（Sopeña Monsalve, 1994：38；Tusquets, 2007：29）。

战后的官方宣传说，儿童无时无刻不面临着可见或者不可见的危险。这表现了佛朗哥政府对各种潜在威胁的恐惧。20世纪40年代闭关锁国和自我封闭的国家政策以及社会分裂的国内政策正显示了这种恐惧。历史学家理查德·赫尔（Richard Herr）揭露过佛朗哥政府的恐惧："除了创造一个极权国家和经济上的闭关锁国之外，佛朗哥政府基本上没有什么有连续性的政策……在1940年，主导着他和他的顾问们的是恐惧而不是建设性思维……对于战败势力的恐惧让他们将西班牙变成了一个警察国家……害怕被削弱和推翻的恐惧让政府不能惩治他们的拥护者的种种罪行。害怕政权落入任何拥护群体的手里的恐惧让佛朗哥今天倾向这个、明天施恩另一个……害怕国外势力会重新恢复共和国的恐惧决定了佛朗哥在基本法里不断变换的形象。"（Herr，1974：236）换句话说，佛朗哥政府的恐惧在西班牙内战后政策中扮演了一个重要的角色。政府一方面闭关锁国，另一方面将国家分裂为胜利者和失败者两个截然不同的世界。官方宣传将胜利者或者佛朗哥派描述成好人、无辜的一方，同时将战败方或者说共和国派描述成邪恶而有害的。通过这种方式，佛朗哥政府不仅试图美化他们非法攫取政权的行为，更希望培养民众对国内外的左派意识形态的敌意。

在《属于儿童的光荣》中，作者将好的、无辜的和有罪的区分开来；此外，他还重新定义了"邪恶"，颠覆了佛朗哥政府对于同一个词的定义。显然，根据叙述者来看，孩子们属于好的、无辜的那一类："生活中的好孩子和聪明孩子与故事中的那些善良又有智慧的好孩子和聪明孩子很相似……好人最后总会成为这个世界的主人，因为人性本善。"（Mateo Díez，2007：55）和孩子们的善良相反的是成人的过错和罪行。小说中一位没有名字的人物将孩子和大人区分开来，感叹道："我们成人是有罪的。"（Mateo Díez，2007：37）这儿所谓的"有罪"指的是第一代人打内战的过错。在作者同情战后成人的抑郁时，他认为所有的西班牙人，无论他们的政治立场如何，都应该为这场战争留给后代的破坏和伤害而感到内疚。

通过文本细读，我们明显地看出叙述者对于佛朗哥政府的批评态度："让人类更好的是对于善良品质的珍重，尤其是在经历过了许多的生活的起起伏伏而看到恶行当道的时候，我们更应该有此信念。"（Mateo Díez，2007：55）很明显，叙述者将"恶行"一词用来描述打赢这场战争的佛朗哥派分子。他接着发表对佛朗哥政府邪恶本质的感叹："当世道艰难的时候，恶行也同时膨胀到如此程度。"（Mateo Díez，2007：66）换句话说，当佛朗哥政府用"邪恶"描述共和国派的时候，西班牙作家借用了同一个词，并改写了它的内涵，用以指代佛朗哥政府，以此颠覆了20世纪四五十年代西班牙社会的"好"和"坏"的定义。

当小说中不断强调儿童的纯真的时候，叙述者也无时无刻不提醒着纯真儿童受到的种种威胁。小主人公由于年幼还无法像大人一样理解发生在他周围的一切：许多时候对于潜伏的危险他一无所知，对濒临的政治迫害以及白色恐怖，年幼的主人公一无所知。作者以比喻的手法描写了即将到来的危险以及儿童的懵懂："布加尔没有感受到布雷内斯镇坟场一般的氛围，因为他的鼻子已经在长时间翻捡垃圾的过程中习惯了各种臭味和烟雾，在大早晨像历史的幽灵一样游荡在街上，或许就像教母说的那样，你们这些好孩子以纯真看待世界看待生活，完全没有意识到你们周围那些邪恶的势力。"（Mateo Díez，2007：25）西班牙内战摧毁了这个国家，战后到处都是炸弹横飞之后留下的废墟。然后，作者所描述的威胁并不是指满目可见的碎片，而是指迫近的大规模的政治迫害和清洗。孩子们将要在学校里被强制灌输佛朗哥的意识形态和宗教教义。这种阴霾的氛围弥漫了整部小说，陷入危险境地的纯真孩子们本身并不自知。在这个意义上，小说中对佛朗哥政府大规模行动的描写方式和战后儿童读物里经常出现的反佛朗哥势力的描写方式是一致的，不过内容和是非颠倒了而已。

《属于儿童的光荣》中不断出现的词"纯洁"（pureza）（Mateo Díez, 2007: 28, 49, 70 & 86），同样也指向战后佛朗哥政府宣传材料中常见的这个词。"纯洁"总是和童年联系在一起，在佛朗哥政府的官方话语中是个关键词，尤其是以生化心理研究的面目出现。相关研究及其应用表明了新政权政府急于将人民从第二共和国的"邪恶泥潭中拯救出来"。臭名昭著的佛朗哥政府的御用心理学家安东尼奥·巴列霍-纳赫拉（Antonio Vallejo-Nájera）的研究对象是西班牙女狱囚和内战中被俘的国际纵队志愿者。巴列霍-纳赫拉在西班牙国家集中营做实验，目的在于揭开意识形态污染的基因根源。根据他的理论，这些有害的基因就像病毒一样，会威胁西班牙种族的纯洁性。换句话说，"纯洁"这个词将迭斯的小说和他的另一个互文原型巴列霍-纳赫拉的基因理论联系起来，而巴列霍-纳赫拉理论的主要关注点就是共和国派家庭的儿童，他的理论也直接影响了佛朗哥政府与这些儿童相关的许多政策。

巴列霍-纳赫拉的研究给战后政府抹黑共和国派并清除所有反对派势力提供了理论基础，佛朗哥政府以此为基础制定了相应的政治方案。巴列霍-纳赫拉关于纯洁和污染的理论最终将西班牙历史引向了最黑暗的一章——政府绑架儿童。长期关注西班牙儿童失踪案的历史学家理查德·维耶斯（Richard Vinyes）认为，佛朗哥政府通过法律将儿童的监护权从父母转移到国家手中，尤其是共和国派的儿童，而监护权的转移完全没有通过父母的许可，甚至没有通知父母。因此，1936年至1950年，大约3万名儿童被强行和他们的生身父母分开。换句话说，佛朗哥政府以保护儿童的纯真和纯洁为名犯下了又一桩滔天罪行。这个长期被隐瞒的罪行是西班牙国家历史上的关键部分，而至目前为止在官方层面上没有得到任何解决。

在《属于儿童的光荣》中，小主人公承担起了责任，寻找失散的亲人并且确保他们过得幸福。父亲在灵床上的交代让布加尔踏上了寻亲之路，也因此暂时摆脱了战后强烈的父系社会规范以及政府强加灌输的宗教和民族主义观念。如果本书前几章的重点在于各种社会机构——家庭、学校、教会——的话，那么这一章中我们的目光投向了整个社会场景。流浪的儿童不仅完成了寻亲的使命，也在旅途中目睹了许多成人的抑郁和绝望，尤其是下层百姓。小男孩经历了各种艰难困苦，用他的能力解决了实际问题，而他的能力正来自纯真。

与此同时，作者也承认，儿童的纯真并不能持久。叙述者确认道："儿童心灵的纯洁无邪……似乎暗示着纯真的孩子远离了各种矛盾……你内心深处那个纯真的孩子他不可能陪伴你一生，纯真的力量很快会消失，这个年纪很快就结束了，关闭了，消逝了。"（Mateo Díez，2007：82 & 158）叙述者将童年纯真的转瞬即逝和历史的遗忘联系起来，他暗示，战后政府对战争的遗忘和捏造也同样不能持久："纯真让我们百毒不侵，就如同遗忘将记忆变得同质划一。"（Mateo Díez，2007：82）当童年的纯真变成往事引起我们怀念的时候，历史回忆就自然而然地涌现出来了。这也是为什么儿童形象在当代西班牙文学和影视中不断涌现的最主要原因之一，尤其是在与历史和回忆相关的作品中。《属于儿童的光荣》试图将历史记忆从本雅明式的历史废墟中通过纯真儿童的救赎力量挖掘出来，或者换句话说，通过重新定义属于佛朗哥儿童的"光荣的力量"来拯救历史回忆。

迭斯对于"纯真"一词的描述以讽刺的方式颠覆了佛朗哥时期的官方定义。确切地说，小说作者通过对这个概念的重新阐释明确表示了他希望将儿童从意识形态和政治冲突中隔离开来的愿望，他认为："没有任何比将儿童的纯真颠覆更邪恶的事情了。"（Mateo Díez，2007：82）这个结论批判了佛朗哥政府不仅在国家形象建构的层面将儿童卷入，还利用儿童为战后法西斯政府创造了一个欺骗性的人道主义形象。儿童总是被当成政治宣传的首要目标之一。战争刚结束，佛朗哥政府就向西欧国家派出间谍搜索并且带回战争时期被遣送出国的西班牙儿童。在马德里的火车站，政府安排了家人团聚的感人场景，演员们在官方宣传镜头下落下了感动的泪水，就像巴西利奥·马丁·帕蒂诺（Basilio Martín Patino）的纪录影片《战争结束后唱的歌》（*Canciones para después de una guerra*）中表现的那样。

佛朗哥政府出版了大量的宣传照片和视频，目的在于在世界面前展示一个保护性的人道主义形象：新西班牙给这些流浪归来的孩子一个温暖的拥抱，将会让他们远离不幸，再也不用流浪他乡。而在《属于儿童的光荣》小说中，流浪的孤儿布加尔成为佛朗哥政府向外宣扬的幸福儿童形象的极大讽刺。小说中的故事发生在1939年年末至1940年年初，战争刚刚结束，新政府正在努力向外界宣传他们对儿童的保护。将布加尔的遭遇和佛朗哥政府的对外宣传相对比，我们能够很轻易地发现战后政府的政治操纵：似乎宣传的焦点和重心是纯真的儿童们的幸福，但是实际的目的和效果与儿童毫无关系，反而让通过武力推翻合法政府的战后政府在世界面前塑造了一个正面形象。《属于儿童的光荣》不仅仅是关于布加尔和兄弟姐妹们成为孤儿的故事,更是关于战争中失散或者死亡的孩子们以及他们破碎家庭的故事。当那些从欧洲回来的儿童被要求排练和家人团聚的欢庆时——我们暂时先不提他们回国之后遭遇的不幸——八岁的布加尔正艰难地踏遍万水千山去寻找失散的家人。小主人公在他艰难的路途中所遭受的饥饿、寒冷和恶劣环境带来的危险彻底地揭露了佛朗哥政府在世界面前表演的欺骗性。

儿童在佛朗哥主义宣传中扮演了两个角色:一方面,政府将他们宣传成邪恶的共和国派的牺牲品;另一方面,政府又将他们装扮成拯救共和国派罪人的救赎者。战后初期广为宣传的小圣徒玛丽·卡门的传奇故事很好地表现了政府的目的。根据卡门的传记记录,她血统高贵的军人父亲在西班牙内战中被共和国派残忍杀害,但是小女孩在病痛中依然为共和国派祈祷,希望他们能够得到救赎;她的死亡实际上是由于猩红热,但被官方的宣传材料描述为为了有罪的敌人能够得到救赎,她自我牺牲献出了自己的生命,尤其是为了拯救第二共和国的政府首脑曼努埃尔·阿萨尼亚(Manuel Azaña)(González-Valerio,1997:109-110)。根据传记作者克鲁斯的描述,"玛丽·卡门的祈祷显然得到了上帝的垂怜:阿萨尼亚在临终前忏悔皈依了天主教,他死去之时卡门重病垂危"(Cruz,2006:139)。

这些官方的宣传材料一方面宣传儿童为了杀害自己亲人的凶手献出生命;另一方面,将共和国派打上需要救赎的罪人的标签,他们被描述成需要宽恕的罪人、需要被铲除的敌人。在佛朗哥政府不遗余力抹黑反对派势力的背后是政府的强烈焦虑,新政府需要给他们的政变行为披上合理合法的外衣。佛朗哥政府用儿童圣徒当宣传手段，利用儿童的身体疼痛来渲染恐怖。而根据宣传，这些恐怖显然是由共和国派带来的，就是为了替他们赎罪，纯真的儿童才遭受巨大的痛苦甚至献出了短暂的生命。佛朗哥派宣传"儿童的光荣"，最后强化了战后社会的巨大分野，将西班牙社会彻底一分为二，而迭斯重新建构的"光荣的儿童"却在努力修复被西班牙内战摧毁的国度。通过将布加尔的力量归功于儿童远离成人意识形态冲突的纯真，迭斯批判了佛朗哥政府对于儿童的政治化，同时他也解构了战后政府宣传的光荣的小圣徒形象。

迭斯唤起了人们对本雅明的历史天使的联想，同时也反思了关于废墟和复原之间的关系；同时，他还从跨文化互文的角度强调了将历史从废墟中拯救出来的急迫需求。将小主人公们从佩罗的童话和德·西卡的影片中借用出来，这位西班牙作家再现了战后西班牙颠倒的成人—儿童关系，同时刻画了一个具有弥赛亚般救赎力量的儿童，一个崛起于战后废墟的儿童。通过将儿童的纯真定义为远离成人的意识形态纷争，作者讽刺了佛朗哥政府利用儿童的纯真为新政权涂脂抹粉的行为。通过这些互文的联系，作者和世界对话，但是他主要关注的依然是西班牙的历史回忆，因为就像本雅明指出的："回忆能够将破碎的东西修复完整，将结束的遭遇重新打开变成没有算清的账。"（Benjamin，1999：471）《属于儿童的光荣》从儿童的角度观察到的所有不完整，都重新揭开了战后历史的伤疤；而重新揭开伤疤的目的是彻底治愈它们，只有这样，未来才有希望更好。

结　　论

　　2019年9月24日，西班牙最高法院终于全票通过了将佛朗哥的遗骸从烈士谷（El Valle de los Caídos）迁出，移往马德里北郊的一处公墓，历时数年的埋骨纷争画上了句号。烈士谷长期被认为是法西斯胜利的象征，是西班牙佛朗哥派极右分子的朝圣之地。最高法院的法令一锤定音，用现任首相、左派工人社会党领袖桑切斯（Pedro Sánchez）的话来说是"给西班牙的黑暗历史画上了一个句号"。毫无疑问，如果我们考虑到西班牙2020年11月10日进行的大选，那么总统的表态以及最高法院的法令就具有极强的政治意味，具有拉选票的嫌疑。而且，佛朗哥派仍然在西班牙阴魂不散的事实以及对内战并未完全清算，让桑切斯的历史句号也应该打上哈琴说的后现代的引号加以质疑。但是，很明显的一点是，西班牙内战和战后的佛朗哥统治依然是令当代西班牙人耿耿于怀的历史，也正因为如此，每次大选前关于这段历史的种种讨论仍然是热点话题。

　　2012年4月，专栏作家何塞·曼努埃尔·阿滕西亚（José Manuel Atencia）借用雅努斯（Janus）的形象来批评当时的右派工人党首相马里亚诺·拉霍伊（Mariano Rajoy），说他没有能够完

结 论

成竞选时许下的承诺。阿滕西亚是这么描述拉霍伊的，说他像双面的雅努斯一样，"一面用来当选前反对前执政党，另一面用来当选后治理国家"。雅努斯是古罗马神话中的双面神，同时盯着两个相反的方向。阿滕西亚用雅努斯的形象来讽刺拉霍伊，我却希望用这个形象的另一种解释来描述当前佛朗哥儿童的历史叙述。雅努斯的两张脸一面盯着过去一面盯着未来，一面盯着国内一面盯着国际。他，就像当代西班牙一样，站在过去和未来的中间，国内和国际的中间，处于一个过渡时期。

现在是时候关注雅努斯般的历史回忆了。那些经历了内战和战后佛朗哥时期的儿童如今都已经到了耄耋之年了，他们是见证西班牙严酷战后的最后一代了。他们年幼的时候见证过1939年4月1日结束内战的日子——取决于他们的家庭背景，这个时刻可能是狂欢的，也可能是绝望的——以及战后的政治清洗和压抑的整体社会氛围。随着他们的日渐老去以及这个群体人数的日渐减少，记录他们的故事就变得急需而迫切。

除了人口因素，国际媒体对于佛朗哥时期儿童的报道也给西班牙施加了巨大的压力，迫使西班牙面对这个问题。从2000年初开始，这一儿童群体就在西班牙之外的国家引起了普遍关注。墨西哥导演吉列尔莫·德尔·托罗（Guillermo del Toro）塑造了战争和战后受害的儿童形象，并将他们推向国际市场获得巨大反响[①]；"他们仍然在画画"的展览，展示了西班牙战时儿童的绘画作品，在美国、俄罗斯、古巴和其他国家巡回展出；英语世界的媒体广泛报道了佛朗哥儿童所遭受的历史上最恐怖之一的——如

---

① 参见德尔·托罗2001年的影片《魔鬼的脊梁》以及2006年的影片《潘神的迷宫》。

果不是最恐怖的——遭遇：佛朗哥政府绑架左派家庭出生的儿童①。这些报道和展览将西班牙独裁和拉丁美洲最悲剧的例子——智利和阿根廷的——联系在了一起，同时也让世界人民联想到了第二次世界大战犹太大屠杀时的残忍②。和那些成立了真相委员会来调查历史罪行的国家，如阿根廷和智利相比，西班牙在追究佛朗哥政府历史罪行方面远远落后，更别提近10年以来才受到关注的儿童受害者。换句话说，佛朗哥儿童在当代西班牙关于历史回忆的讨论中依然占据着中心位置。

  展示在世人面前的佛朗哥儿童形象尽管各异，却有一个共同特征：他们不是被动的受害者，而是用自己的行动去应对困难的情形，并生存下来。本书的探讨对象也不例外。在《南方》中阿德里安娜和埃斯特雷利亚找到了自己的独特方式去克服父亲自杀带来的阴影，并且拥抱了新生活；在《鲜花环绕的花园》里安德烈斯·索佩尼亚通过他看似幼稚的口吻质疑了佛朗哥主义的意识形态和宗教教育；年幼的埃丝特努力在她佛朗哥派的家庭出身中寻找自己的位置。最显著的例子是《属于儿童的光荣》，书里

---

  ① 参见乌尔斯（Woolls）的调查报告，题为"西班牙被迫调查婴儿绑架案"（*Spain urged to probe alleged baby trafficking*），由联合出版社（Associated Press）出版；伯纳特（Burnett）的报道，题为"家庭在寻找西班牙'失踪儿童'的真相"（*Families Search for Truth of Spain's "Lost Children"*），由《纽约时报》刊发；穆尼（Mooney）的报道，题为"西班牙失窃儿童：骇人听闻的丑陋往事"（*Spain's Stolen Babies：An Ugly Past on a Staggering Scale*），由 ABC 新闻刊发；等等。

  ② 参见梅迪娜（Medina）的报道，题为"加尔松认为，佛朗哥时期儿童的失窃比阿根廷的情况还要糟糕"（*El robo de niños del franquismo fue peor que el de Argentina，según Garzón*），由路透社刊发。

  参见杜瓦（Duva）的报道，题为"西班牙的大屠杀"（*El Holocausto pasó por España*）由西班牙《国家报》刊发。布列斯顿于 2013 年 8 月也出版了一本相关的历史书，题为"西班牙大屠杀：西班牙 20 世纪的宗教裁判所和大屠杀"（*The Spanish Holocaust：Inquisition and Extermination in Twentieth-century Spain*），书中第 5 部分"战争的两种概念。抵御内敌捍卫共和国。佛朗哥的战争大屠杀"对此有详尽的描述以及大量的数据。

八岁的儿童被塑造成一个救赎者,致力于修复战后千疮百孔的世界。

将儿童看作有行动能力的主体,我的这一观点挑战了传统的看法——儿童弱小无能需要保护。传统的儿童观主要关注儿童对于成人的依赖,我的研究更多地展现佛朗哥儿童身处的环境以及他们的积极应对。童年研究学者让·米尔斯(Jean Mills)和理查德·米尔斯(Richard Mills)指出,"或许在保护儿童远离成人秘密的时候,我们实际是在保护自己。通过创造一个留给儿童的安全空间,我们为自己提供了一种逃避黑暗的可能"(Mills,2000:13)。类似地,我认为成人作者和导演赋予儿童以改变世界的能力,他们实际上是在传递一种强烈的改变或者说重构过去的欲望。这个重新建构起来的过往,和战胜者强加给他们的那个不一样,这个重写的历史强调了回忆的能力和能量[①]。为此,这个不断在重写中的历史与书写者如何反思过往以及如何为后代讲述过往有关。

通过重建压抑的童年,佛朗哥儿童作为叙述者和过往保持了距离。他们平静的语调和他们作品中小主人公经历的心理波动形成了鲜明的对比。在小说《南方》中,小女孩极其努力地让自己面对和接受父亲的自杀;而成人叙述者反过来,以一种平静的口吻在故事的开头告知读者她要去拜访父亲的墓地。《南方》的小主人公遭遇了由于父亲自杀导致的巨大家庭变故,而《我们当年是战胜者》里的小埃丝特却怨恨她的上一代人。20世纪50年代

[①] 理论家本雅明认为:"历史不仅仅是一门科学,还是一种回忆的方式。科学'确认'的历史回忆可以修改。"(*The Arcades Project*,第471页)同时也参见我在第5章中的详细论述。

中的很多佛朗哥儿童有过怨恨上一代人的情绪：他们怨恨上一代人发动了一场内战将无辜的他们卷入其中，让他们忍受战后的压抑和种种限制①。小埃丝特将怒气发泄到她的母亲身上，认为母亲对她漠不关心，但是成年的埃丝特却通过战后妇女的悲惨生活来试图理解她的母亲。成年叙述者在当下的不断解释和年幼主人公在过去的强烈怨恨和委屈交织在一起，贯穿了整本回忆录，也凸显了叙述者在成年和年幼之间刻意拉开的距离。实际上，所有的叙述者都带有同样的特征，就像胡里亚说的那样："20 世纪的西班牙中生代们回首往事心平气和、无怨无悔。"（Juliá，2019）

叙述者刻意和书中年幼的主人公拉开距离这一点也侧面说明，作者们选择什么时候出版哪部分回忆更多的是一种政治选择而不是心理创伤逃避使然。本书中分析的所有佛朗哥儿童，一方面都经历过佛朗哥统治下的童年，另一方面他们都是很有影响力的知识分子，或者用塞巴斯提安·法贝尔（Sebastiaan Faber）的话来说，他们都是"有权力的知识分子"（intellectuals in power）（Faber，2005：209）。我认可佛朗哥儿童是历史亲历者，但这并非要赋予他们什么绝对的历史权威。相反，我不仅希望表达出对于他们亲历的认可，还尊重他们的决定权，他们决定是否、何时以及如何讲述他们艰难的过去的权利。在提到民主化过渡时期的所谓"沉默条约"时，法贝尔感叹道："历史学家们研究、确认并量化暴力行为的程度并自动给那些受害者发声的权利……做决

---

① 参见贝特留（Betriu）的作品《战争不是我们发动的》（*Los que no hicimos la guerra*）里对儿童怨恨情绪的描述。

定（决定忘记或者不忘记佛朗哥罪行）的人实际上是政治家和有权力的知识分子。"（Faber，2005：209）这些佛朗哥儿童曾被强制接受佛朗哥派战胜者书写的历史，成年以后他们通过回忆重写历史；作为有影响力的知识分子，他们再现的战后童年成为当下的政治宣言。

确切地说，这些作品在四个关键历史时期的政治争论中起到了推动历史进程的作用。小说和影片《南方》在20世纪80年代初期提前开起了对战败的共和国分子的讨论，尽管当时的左翼政府和大部分西班牙人并不愿意提起这段历史，而是不约而同地选择了遗忘历史往前看。《鲜花环绕的花园》反思性地回应了20世纪90年代中后期泛起的美化佛朗哥童年的沉渣，提醒西班牙人不要沉溺在一个不加批判的过往中。《我们当年是战胜者》在"历史回忆法案"通过之后冒着被大众谴责的危险，不无讽刺地描写了成长在佛朗哥派家庭的童年。《属于儿童的光荣》将佛朗哥时期的儿童形象从战争中的弱小受害者变成了战后将这个国家从废墟中拯救出来的积极的救赎者。作者巧妙的互文揭示了各国文化政治越发紧密联系的全球化时代的一个文化倾向：佛朗哥儿童不再是孤立封闭孤军作战的，他们和世界紧密联系在一起。佛朗哥儿童在恢复西班牙历史回忆中起到了领导作用，他们在20世纪的反佛朗哥独裁统治中站在人群的前列。他们这群人为西班牙的反法西斯暴政作出了巨大的历史贡献，为此，我认为有必要重提胡里亚对他们的感激："西班牙社会欠他们的远远比我们想象的要多得多。"（Juliá，2019）

胡里亚认可这群人在他们的年轻时代为国家立下的汗马功劳，我更多地关注他们在耄耋或者古稀之年对于历史的承诺和担负起的责任。下一步的研究方向可以是这群人在他们童年时代创作的作品。作为儿童,他们在战争中通过绘画来表现残酷的战争场景①;他们同时通过日记和给家人的信件来描述他们在战争中以及战后的经历和感受②。分析这些绘画作品和文字将有助于增进对佛朗哥儿童的了解:他们不仅被历史塑造,也参与塑造历史。

我构建"佛朗哥儿童"的概念并非认为这一代人是一个同质的群体;相反,我充分关注到他们在讲述童年和历史时表现出来的多样化。在他们的作品中,尽管小主人公都生活在同一个年代,但是他们的经历因他们的家庭政治倾向、社会阶层以及性别呈现出了巨大的差异。他们的共同点在于大家都努力讲述一个不同的故事,不同于战后由战胜者书写又强加给战败方和下一代的官方历史故事。在这些童年故事中有两个似乎自相矛盾的倾向引起了我的极大关注:一个是地方性倾向,另外一个是国际化倾向。近年来,越来越多关于儿童和童年题材的作品把焦点放在某些地域或者以地方方言写作。本书也提到了地方主义倾向,如杜斯歌的童年回忆《我们当年是战胜者》(2007)就发生在巴塞罗那,回忆的是巴塞罗那上层资产阶级家庭的生活。另一个有意思的例子是《鲜花环绕的花园》。1994 年,索佩尼亚·蒙萨尔韦以西班牙语出版了这部作品;几年以后,当该书被改编成戏剧后,最著名的表演是由巴斯克唐卡剧团(Tanttaka Teatroa)以巴斯克语在舞台上展现的。巴斯克语的戏剧《鲜花环绕的花园》轰动全

---

① 参见主题为"他们仍然在画画"的展览。
② 参见布拉斯(Blas)的小说《只言片语。儿童和内战》(*Palabras huérfanas. Los niños y la Guerra Civil*)。

国,大受欢迎,不仅表现了对佛朗哥时期教育的批判,也显示出他们对地方性声音的接纳①。

伴随着童年回忆,跨文化因素的频现反映了佛朗哥儿童和世界接轨的愿望。佛朗哥儿童的形象已经融入了越来越多的跨国元素。《属于儿童的光荣》融入了许多跨国、跨文化的人物和情节。此外,作者在一次访谈中明确地表达了希望和世界对话的愿望(Diakow,1999:318)。国际化元素在电影中也一样清晰。伊马诺尔·乌里韦(Imanol Uribe)2002年的电影《卡罗尔的旅行》(*El viaje de Carol*)就是一个显著的例子。这部电影表现了西班牙内战如何影响了一个来自纽约的少女。故事发生在西班牙的一个破败而偏僻的农村,国际纵队也牵涉其中,他们从世界各国来到西班牙参与内战捍卫共和国理想。和《卡罗尔的旅行》一样,德尔·托罗2001年的影片《魔鬼的脊梁》(*El espinazo del diablo*)和2006年的影片《潘神的迷宫》(*El laberinto del fauno*)也在国际屡获好评。这些影片受欢迎,一方面是佛朗哥儿童国际化的成功,另一方面也是西班牙文学和电影被国际市场接纳的标志。基于当前的地方化和国际化倾向,我认为当代西班牙文学和影视正在走一条多样化道路。这种多样化不仅表现在内容上,还表

---

① 地域化倾向的研究要放在西班牙地域问题的漫长的历史背景里进行。西班牙地方问题由来已久,而且在佛朗哥独裁统治下进一步恶化:为了确保中央集权,所有的地方语言都被禁止在任何场合使用,地方文化的宣传也不允许。佛朗哥死后,1978年宪法规定了西班牙的地方自治体制,但是地方自主性的问题一直到21世纪都有很大争议,冲突的高峰是2018年加泰罗尼亚地区的独立尝试。

2002年,西班牙社会学调查中心在全国范围内进行了一次问卷调查,结果显示"全国三分之二以上的人认为地区自治对于西班牙整体发展是一件好事"。随着大众对于地方分权达成共识,地区意识也慢慢在公众面前越来越清晰,同时,近年来用方言出版的作品和涉及地区性问题的话题也越来越多。

现在形式以及表现手段上，尤其是在今天的多媒体时代，这种多样化为传统文艺增添了许多新的可能性。因此，如果西班牙人难以通过政治渠道达成和解的话，那么文艺的作用就是至关重要的。

参考文献

Abella, Rafael, *Por el imperio hacia Dios: crónica de una posguerra (1939 – 1955)*, Barcelona: Crítica, 1978.

Abós Santabárbara, Ángel Luis, *La historia que nos ensañaron (1939 – 1975)*, Madrid: Foca, 2003.

Abraham, Nicolas, and Maria Torok, *The Wolf Man's Magic Word: A Cryptonymy*, Minneapolis: U of Minnesota P, 1986.

Álvarez, Antonio, *Enciclopedia Álvarez: tercer grado*, Valladolid: Miñón, 1954.

Alburquerque, Francisco, "Métodos de control político de la población civil: el sistema de racionamiento de alimentos y productos básicos impuestos en España tras la última guerra civil", in M. Tuñón de Lara, ed. *Estudios sobre la historia de España*, Madrid: Alianza Editorial, 1981, pp. 427 – 98.

Allen, Graham, *Intertextuality*, London: Routledge, 2000.

Anderson, Dana, *Identity's Strategy: Rhetorical Selves in Conversion*, Colombia, SC: U of South Carolina P, 2007.

Ariès, Philippe, *Centuries of Childhood: A Social History of Family*

Life, trans. Robert Baldick, New York: Vintage, 1962.

Atencia, José Manuel, "Rajoy, en contra de Rajoy", *El país*, 9 Apr. 2012, http://ccaa.elpais.com/ccaa/2012/04/09/andalucia/1333986673_497264.html.

Avelar, Idelber, *The Untimely Present*, Durham, NC: Duke UP, 1999.

Ávila López, Enrique, "Conversando con Rosa Regàs, una figura polifacética de la cultura catalana: Miembro de la gauche divine, traductora y escritora", *Journal of Iberian and Latin American Studies*, Vol. 10, No. 2, 2004, pp. 213–36.

Balbona, Guillermo, "Esther Tusquets afirma que 'la envidia es una plaga entre los escritores'", *Terranoticias*, 5 Mar. 2011, http://terranoticias.terra.es/cultura/articulo/esther_ tusquets_ afirma_ envidia_ plaga_ 1734978.htm.

Ballart, Pere, *Eironeia. La figuración irónica en el discurso literario moderno*, Barcelona: Quaderns Crema, 1994.

Ballesteros, Isolina, "Las niñas del cine español: la evasión infantil en *El espíritu de la colmena*, *El sur* y *Los años oscuros*", *Revista Hispánica Moderna*, Vol. 49, No. 2, 1996, pp. 232–42.

Barglow, Raymond, "The Angel of History: Walter Benjamin's Vision of Hope and Despair", *Raymond Barglow's Home Page*, Nov. 1998, http://barglow.com/angel_ of_ history.htm.

Barral, Carlos, *Figuración y fuga*, Barcelona: Editorial Seix Barrel, 1966.

Beltrán Llavador, Francisco, *Política y reformas curriculares*, Valencia:

Universitat de València, 1991.

Benjamin, Walter, *Illuminations*, New York: Harcourt, Brace & World, 1968.

ーーー. *One-way Street, and Other Writings*, London: NLB, 1979.

ーーー. *The Arcades Project*, Cambridge, Mass. : Belknap Press, 1999.

ーーー. *The Origin of German Tragic Drama*, trans. by John Osborne, London: NLB, 1977.

Benjamin, Walter, Hannah Arendt, and Harry Zohn, *Illuminations*, New York: Harcourt, Brace & World, 1968.

Betriu, Rafael Borrás, *Los que no hicimos la guerra*, Barcelona: Nauta, 1971.

Biblioteca MANES: *manuales escolares españolas*, 2003 Ed. MANES, 05 Jan. 2009, http: //uned. es/manesvirtual/BibliotecaManes/Disciplinas. htm.

Blake, William, *Songs of Innocence and Experience*, *Forgotten Books*, 2008, http: //books. google. com/books? id = t3bNf-QPscC& printsec = frontcover&dq = Songs + of + Innocence + and + Experience. &hl = en&sa = X&ei = aUpqT9iuGeG80AGDqZmVCQ&ved = 0CDIQ6AEwAA#v = onepage&q = Songs% 20of% 20Innocence% 20and% 20Experience. &f = false.

Bond, Paul, "Spain: Investigation Launched into Franco's Crimes", *World Socialist Web Site*, 3 Nov. 2008, http: //wsws. org/articles/2008/nov2008/spai-n03. shtml.

Bordo, Susan, "The Globalization of Eating Disorder", *Time for Peace*, 4 Apr. 2011, http: //youngadultsindayton. wordpress. com/

2008/02/24/the-globalization-of-eating-disorders.

Borges, Jorge Luis, "Pierre Menard, autor del *Quijote*", in *Ficciones*, Buenos Aires: Emecé Editores, 1956, pp. 20 – 26.

Boyd, Carolyn P, *Historia Patria: Politics, History, and National Identity in Spain*, 1875 – 1975, Princeton, N. J. : Princeton UP, 1997.

Boym, Svetlana, "From the Russian Soul to Post-Communist Nostalgia", *Representations*, special issue of *Identifying Histories: Eastern Europe Before and After* 1989, No. 49, Winter 1995, pp. 133 – 66.

Burnett, Victoria, "Families Search for Truth of Spain's 'Lost Children'", *The New York Times*, 28 Feb. 2009, http: //nytimes. com/2009/03/01/world/europe/01franco. html? _ r = 4&scp = 1&sq = Ricard%20Vinyes&st = cse.

Cámara, Ignacio Sánchez, "*El florido pensil*", *ABC Cultural*, 11 Nov. 1994, p. 8.

Cámara Villar, Gregorio, "Prólogo", in *El florido pensil: memoria de la escuela nacionalcatólica*, Barcelona: Grupo Grijalbo-Mondadori, 1994, pp. 13 – 22.

– – – . *Nacional-Catolicismo y escuela. La socialización política del franquismo* (1936 – 1951), Jaen, S. P. : Editorial Hesperia, 1984.

Canciones para después de una guerra, dir. Basilio Martín Patino, Turner Films, 1976.

Canefe, Nergis, "Communal Memory and Turkish Cypriot National History: Missing Links", in Maria Nikolaeva Todorova, ed. *Bal-*

kan Identities: Nation and Memory, New York: New York UP, 2004, pp. 77 – 102.

Castellet, José María, "La novela española quince años después (1942 – 1957)", *Cuadernos*, Vol. 33, 1958, pp. 48 – 52.

Catalán, Agustín, "Luis Mateo Díez fabula con las miserias de la posguerra, 'Fantasmas del invierno' ahonda en las heridas abiertas en 1936", *Foro por la memoria*, 23 Sept. 2004, http://foroporlamemoria.info/documentos/2004/fi_ 23092004.htm.

Cejas, José M, *Montse Grases: Biografía Breve*, Madrid: Ediciones Rialp, 1994.

Cenarro, Ángela, "Memories of Repression and Resistance: Narratives of Children Institutionalized by Auxilio Social in Post-War Spain", *History and Memory*, Vol. 20, No. 2, 2008, pp. 39 – 59.

Cercas, Javier, *Soldados de Salamina*, Barcelona: Tusquets, 2001.

Children of Morelia, dir. Juan Pablo Villaseñor, Arte 7, 2004.

Colebrook, Claire, *Irony*, London, New York: Routledge, 2004.

Coleman, Simon, "Continuous Conversion? The Rhetoric, Practice, and Rhetorical Practice of Charismatic Protestant Conversion", in Andrew Buckser and Stephen D. Glazier, eds. *The Anthropology of Religious Conversion*, Lanham, MD: Rowman & Littlefield Publishers, 2003, pp. 15 – 28.

Colmeiro, José F., *Memoria histórica e identidad cultural: de la postguerra a la Postmodernidad*, Barcelona: Anthropos Editorial, 2005.

Couto, Rodrigo Carrizo, " 'Ispansi' quiere decir 'españoles en ruso',"

El país, 30 Dec. 2009, http: //elpais. com/diario/2009/12/30/ cultura/1262127602_ 850215. html.

Coveney, Peter, *The Image of Childhood, The Individual and Society: A Study of the Theme in English Literature*, Harmondsworth: Penguin, 1967.

Cría cuervos, dir. Carlos Saura, Art HouseProduction, 1994.

Cruz, Joan C. , *Saintly Youth of Modern Times*, Huntington, IN: Our Sunday Visitor, 2006.

Cuéntame cómo pasó, dir. Miguel ángel Bernardeau, TVE1, 2001 – 2012.

De Man, Paul, *Blindness and Insight: Essays in the Rhetoric of Contemporary Criticism*, Minneapolis: U of Minnesota P, 1983.

Diakow, Anna Gabriela, "Luis Mateo Díez: establecer una relación verbal con el mundo", *Anales de la literatura española contemporánea*, Vol. 24, No. 1/2, 1999, pp. 317 – 23.

DiGiacomo, Susan M, "Re-presenting the Fascist Classroom: Education as a Space of Memory in Contemporary Spain", in Sharon Roseman and Shawn Parkhurst, eds. *Recasting Culture and Space in Iberian Contexts*, Albany: State U of NY P, 2008, pp. 103 – 29.

Duva, Jesús, "El Holocausto pasó por España", *El país*, 13 Jan. 2009, http: //elpais. com/articulo/espana/Holocausto/paso/Espana/elpepuesp/20090131elpepunac_ 6/Tes.

Ehrenbourg, Par Ilya, *La nuit tombe*, Paris: Gallimard, 1966.

El espíritu de la colmena, dir. Víctor Erice, Home Vision, 1988.

El Sur, dir. Víctor Erice, Grupo Editorial Mundografic, 1983.

El viaje de Carol, dir. Imanol Uribe, Aiete Films S. A., 2002.

Euben, J Peter, "Critical Patriotism-Patriotic Loyalties Are Never Simple", *Academe: Bulletin of the AAUP*, Vol. 88, No. 5, 2002, pp. 43 – 50.

Evans III, F. Barton, *Harry Stack Sullivan: Interpersonal Theory and Psychotherapy*, London: Routledge, 1996.

Evans, Jo, "The Myth in Time: Víctor Erice's *El sur*", *Journal of Hispanic Research*, Vol. 4, 1995 – 1996, pp. 147 – 57.

Evans, Peter, and Robin Fiddian, "*El Sur*: A Narrative of Star-Cross'd Lovers", *Bulletin of Hispanic Studies*, Vol. 64, No. 2, 1987, pp. 127 – 35.

Faber, Sebastiaan, "The Price of Peace: Historical Memory in Post-Franco Spain, a Review-Article", *Revista Hispánica Moderna: Boletín Del Instituto De Las Españas*, Vol, 58, No. 1, 2005, pp. 205 – 19.

Fernández Rodríguez, Antonio, and Juan Navarro Higuera, *Enciclopedia práctica: Grado elemental*, Barcelona: Miguel A. Salvatella, 1943.

Fletcher, Angus, *Allegory: The Theory of a Symbolic Mode*, Ithaca, N. Y.: Cornell UP, 1964.

Franco, Francisco, *Pensamiento político de Franco*, Agustín del Río Cisneros, ed. Madrid: Ediciones del Movimiento, 1975.

Freud, Sigmund, "Mourning and Melancholia", *The Standard Edition of the Complete Psychological Works of Sigmund Freud*, trans. James Strachey et al., Vol. 14, 1957, pp. 237 – 58, 24 vols.

Fyrth, Jim, "Four Thousand Basque Children", *The Signal was Spain:*

the Spanish Aid Movement in Britain, 1936 – 39, London: Lawrence and Wishart, 1986, pp. 221 – 42.

García Morales, Adelaida, *El Sur seguido de Bene*, Barcelona: Ediciones Anagrama, 1985.

Geli, Carles, "Muere la editora Esther Tusquets", *El país*, 23 July 2012, http://cultura.elpais.com/cultura/2012/07/23/actualidad/1343031556_ 256578.html.

Genette, Gérard, *Palimpsests: Literature in the Second Degree*, Lincoln: U of Nebraska P, 1997.

Glenn, Kathleen, "*El mismo mar de todos los veranos* and the Prism of Art." In Mary S. Vásquez, ed. *The Sea of Becoming: Approaches to the Fiction of Esther Tusquets*, Greenwood Press, 1991, pp. 29 – 43.

– – – . "Gothic Vision in García Morales and Erice's*El Sur*", *LetrasPeninsulares*, Vol. 7, No. 1, 1994, pp. 239 – 50.

Gluck, Carol, "Operations of Memory: 'Comfort Women' and the World", in Shella Miyoshi Jager and Rana Mitter, eds. *Ruptured Histories: War, Memory, and the post-Cold War in Asia*, Cambridge, Mass. : Harvard UP, 2007, pp. 47 – 77.

González, Felipe, Juan Luis Cebrián, *El futuro no es lo que era: una conversación*, Madrid: Santillana, 2001.

González-Valerio y Saenz de Heredia, M. de L, *La niña que se entregó a Dios: vida de la venerable María del Carmen González-Valerio y Saenz de Heredia*, Madrid: Carmelitas Descalzas-Aravaca, 1997.

Goodich, Michael, "Childhood and Adolescence among the Thirteenth Century Saints", in G. M. Karen and L. H. Rappaport, eds. *Vari-

eties of Psychohistory, New York: Springer, 1976, pp. 193 – 218.

Goytisolo, Juan, *Coto vedado*, Barcelona: Seix Barral, 1985.

Graham, Helen, and Jo Labanyi, eds. *Cultural Studies: An Introduction*, New York: Oxford UP, 1995.

Graham, Helen, and Antonio Sánchez, "The Politics of 1992", in Helen Graham and Jo Labanyi, eds. *Cultural Studies: an Introduction*, New York: Oxford UP, 1995, pp. 406 – 19.

Halbwachs, Maurice, *On Collective Memory*, Chicago: U of Chicago P, 1991.

Hardman, Charlotte, "Can There Be an Anthropology of Children?" *Journal of the Anthropological Society of Oxford*, Vol. 4, No. 1, 1973, pp. 85 – 99.

Harvey, Jessamy, "Good Girls Go to Heaven", in Jo Labanyi, ed. *Constructing Identity in Contemporary Spain: Theoretical Debates and Cultural Practice*, New York: Oxford UP, 2002, pp. 113 – 27.

– – –. "The Value of Nostalgia: Reviving Memories of National-Catholic Childhoods", *Journal of Spanish Cultural Studies*, Vol. 2, No. 1, 2001, pp. 109 – 18.

Hawkins, Eric, "The Basque Children", *Listening to Lorca: A Journey into Language*, London: Centre for Information on Language Teaching and Research, 1999, pp. 96 – 118.

Herr, Richard, *An Historical Essay on Modern Spain*, Berkeley: U of California P, 1974.

Herrera Oria, Enrique, *Historia de la educación española*, Madrid: Ediciones Veritas, 1941.

Herrmann, Gina, *Written in Red: The Communist Memoir in Spain*, Illinois: U of Illinois P, 2009.

Hirsch, Marianne, *Family Frames: Photography, Narrative and Postmemory*, Cambridge, Mass: Harvard UP, 1997.

― ― ― . *The Mother/Daughter Plot: Narrative, Psychoanalysis, Feminism*, Bloomington, IN: Indiana UP, 1989.

Honig, Bonnie, *Democracy and the Foreigner*, Princeton, NJ: Princeton UP, 2001.

H. S. R, *Así quiero ser (El niño del nuevo Estado): Lecturas cívicas*, Burgos: Hijos de Santiago Rodriguez, 1946.

Hutcheon, Linda, "Irony, Nostalgia, and the Postmodern", in Theo d'Haen, Raymond Vervliet, and Annemarie Estor, eds. *Methods for the Study of Literature As Cultural Memory: Volume 6 of the Proceedings of the XVth Congress of the International Comparative Literature Association "Literature As Cultural Memory"*, Leiden, 16 – 22 August 1997, Rodopi, 2000, pp. 189 – 207.

― ― ― . *The Politics of Postmodernism*, London: Routledge, 1989.

― ― ― . *Irony's Edge: the Theory and Politics of Irony*, London: Routledge, 1995.

Irazazábal, Josep Pons, "Aquel 12 de junio de 1985", *El País*, 21 Jun. 2010, http://elpais.com/diario/2010/06/21/opinion/1277 071205_ 850215.html.

Irigaray, Luce, "And the One Doesn't Stir Without the Other", *Signs*, trans. Helene Vivienne Wenzel, Vol. 7, No. 1, 1981, pp. 60 – 67.

Irwin, William, "Against Intertextuality", *Philosophy and Literature*,

Vol. 28, No. 2, 2004, pp. 227 – 42.

Ispansi, dir. Carlos Iglesias, Cameo, 2011.

James, Allison, Chris Jenks, and Alan Prout, *Theorizing Childhood*, New York: Teachers College P, 1998.

Jameson, Fredric, *Postmodernism, Or, the Cultural Logic of Late Capitalism*, Durham: Duke UP, 1991.

- - -. *The Cultural Turn: Selected Writing on the Postmodern*, 1983 – 1998, London: Verson, 1998.

Jelin, Elizabeth, *Los Trabajos De La Memoria*, Madrid: Siglo XXI de España Editores, 2002.

- - -. "Exclusión, memorias y luchas políticas", *Cultura, política y sociedad perspectivas Latinoamericanas*, Buenos Aires: Libronauta Argentina, 2006, pp. 219 – 39.

Jordan, Barry, "The Emergence of a Dissident Intelligentsia", in Helen Graham and Jo Labanyi, eds. *Cultural Studies: an Introduction*, New York: Oxford UP, 1995, pp. 245 – 55.

Juliá, Santos, "Niños de la Guerra", *El país*, 5 Apr. 2009, http://elpais.com/diario/2009/04/05/domingo/1238902232_850215.html.

Kehily, Mary J, *An Introduction to Childhood Studies*, Maidenhead: Open UP, 2009.

Kellog, Michael, *The Russian Roots of Nazism: White émigrés and the Marking of National Socialism*, 1917 – 1945, New York: Cambridge UP, 2005.

Kinder, Marsha, "The Children of Franco in the New Spanish Cinema", *Quarterly Review of Film Studies*, Vol. 8, No. 2, 1983, pp. 55 – 76.

Kortazar, Jon Dela, "*El florido pensil*", *DELA* 15 Jan. 1995: C6.

Kristeva, Julia, *Desire in Language: A Semiotic Approach to Literature and Art*, New York: Columbia UP, 1980.

Labanyi, Jo, "Memory and Modernity in Democratic Spain: the Difficulty of Coming to Terms with the Spanish Civil War", *Poetics Today*, Vol. 28, No. 1, 2007, pp. 89 – 116.

– – –. "The Languages of Silence: Historical Memory, Generational Transmission and Witnessing in Contemporary Spain", *Journal of Romance Studies*, Vol. 9, No. 3, 2009, pp. 23 – 35.

– – –. "Postmodernism and the Problem of Cultural Identity", in Helen Graham and Jo Labanyi, eds. *Cultural Studies: an Introduction*, New York: Oxford UP, 1995, pp. 396 – 406.

Lacan, Jacques, *The ethics of psychoanalysis*, 1959 – 1960: *the seminar of Jacques Lacan*, London: Routledge, 2007.

Ladri di biciclette, dir. Vittorio de Sica, Production Comp, 1946.

Lara, Antonio, "*El florido pensil* llega hoy", *El Día* 9 Feb. 2009, http://eldia.es/2008 – 05 – 10/cultura/3-florido-pensil-llega-hoy.htm.

Leira, Arnlaug, and Chiara Saraceno, *Childhood: Changing Contexts*, Bingley: Emerald JAI, 2008.

*Ley 5/1979, de 18 de septiembre, sobre reconocimiento de pensiones, asistencia médico-farmacéutica y asistencia social en favor de las viudas, y demás familiares de los españoles fallecidos como consecuencia o con ocasión de la pasada guerra civil. 18 Sept. 1979.

Ley 35/1980, de 26 de junio, sobre pensiones a los mutilados excombatientes de la zona republicana. 26 Jun. 1980.

Ley 6/1982, de 29 de marzo, de pensiones a los mutilados civiles de guerra. 29 Mar. 1982.

Ley 37/1984, de 22 de octubre, de reconocimiento de derechos y servicios prestados a quienes durante la Guerra Civil formaron parte de las fuerzas armadas, fuerzas de orden público y cuerpo de carabineros de la República. 22 Oct. 1984.

Locke, John, *An Essay Concerning Human Understanding*, New York: Dover Publications, 1959.

Lombardi, Elena, "Of Bikes and Men: The Intersection of Three Narratives in Vittorio De Sica's *Ladri di biciclette*", *Studies in European Cinema*, Vol. 6, No. 2 – 3, 2009, pp. 113 – 26.

Lonsdale, Laura, "The Space of Politics: Nation, Gender, Language, and Class in Esther Tusquets' Narrative", in Luis Martín-Estudillo and Nicholas Spadaccini, eds. *New Spain, New Literatures*, Nashville: Vanderbilt UP, 2010, pp. 245 – 59.

López Marcos, Manuela, *El fenómeno ideológico del franquismo en los manuales escolares de enseñanza primaria*, 1936 – 1945, Madrid: Universidad Nacional de Educación a Distancia, 2001.

Los niños perdidos del franquismo, dir. MontseArmengou and Ricard Bellis, Barcelona: TV3, 2002.

Loureiro, Angel G, *The Ethics of Autobiography: Replacing the Subject in Modern Spain*, Nashville: Vanderbilt UP, 2000.

Mahamud, Kira, "Analysing Motherhood in Primary School Textbooks: the Case of Spain during the First Two Ministries of Education of the Franco Dictatorship (1936 – 56)", in Bruillard Eric, AamotsbakkenBente, Knudsen Susanne V. and Horsley Mike, eds. *Caught in the Web or Lost in the Textbook?* Paris: Jouve, 2006, pp. 171 – 78.

María Pemán, José, *La historia de España contada con sencillez*, Madrid: Escelicer, 1950.

Maravall, José María, *Dictadura y disentimiento político. Obreros y estudiantes bajo el Franquismo*, Madrid: Alfaguara, 1978.

Marcos, Fernando, *Así quiero ser: el niño del nuevo estado*, Burgos: Burgos H. S. R. , 1944.

Martín-Márquez, Susan L, "Desire and Narrative Agency in *El Sur*", inGeorge Cabello-Castellet, Jaume Martí-Olivella, Guy H. Wood, eds. *Essays on Hispanic Film and Fiction*, Corvallis: Portland State UP, 1995, pp. 130 – 36.

– – –. *Disorientations: Spanish Colonialism in Africa and the Performance of Identity*, New Haven: Yale UP, 2008.

– – –. "Spanish Literature and the Language of New Media: from Film Adaptation to Digitized Cultural Interfaces", in David Thatcher Gies, ed. *The Cambridge History of Spanish Literature*, Cambridge, UK: Cambridge UP, 2004, pp. 739 – 55.

Martín Gaite, Carmen, *El cuarto de atrás*, Barcelona: Ediciones Destino, 1978.

– – –. *Usos amorosos de la postguerra española*, Barcelona: Editorial

Anagrama, 1987.

Martínez-Carazo, Cristina, "El sur: de la palabra a la imagen", *Bulletin of Hispanic Studies*, Vol. 74, No. 2, 1997, pp. 187–96.

Martínez Reverte, Jorge, and Socorro Thomás, *Hijos De La Guerra: Testimonios Y Recuerdos*, Madrid: Temas de Hoy, 2001.

Mateo Díez, Luis, *La gloria de los niños*, Madrid: Alfaguara. 2007.

Medina, Juan, "El robo de niños del franquismo fue peor que el de Argentina", *RTVE* 19 Nov. 2008, http://rtve.es/noticias/20081119/robo-ninos-del-franquismo-fue-peor-que-argentina-segun-garzon/196073.shtml.

Menéndez-Reigada, Albino G., *Catecismo patriótico español*, Salamanca: Establecimiento Tip. de Calatrava, 1939.

Millás, Juan José, *El Mundo*, Barcelona: Planeta, 2007.

Mills, Jean, and Richard Mills, *Childhood Studies: A Reader in Perspectives of Childhood*, London: Routledge, 2000.

Ministerio de Educación y Cultura, *Gauche Divine*, Exhibition catalogue, April-May, Sala Millares del Ministerio de Educación y Cultura, Madrid: Lunwerg Editores, 2000.

Miñambres, Nicolás, "La escuela de la postguerra", *El Norte de Castilla*, Vol. 25, Nov. 1995, C8.

Moa, Pío, *Franco para antifranquistas: en 36 preguntas clave*, Barcelona: áltera, 2009.

Moix, Ana María, *24 horas con Gauche Divine*, Barcelona: Editorial Lumen, 2002.

Molinero, Carme, "La transición y la 'renuncia' a la recuperación de la 'memoria Democrática'", *Journal of Spanish Cultural Studies*, Vol. 11, No. 1, 2010, pp. 33 – 52.

Molyneaux, Gerard, "De Sica's *Bicycle Thieves* and the Attack on the Classical Hollywood Film", in Elaine Cancalon and Antoine Spacagna, eds. *Intertextuality in Literature and Film*, Gainesville: UP of Florida, 1994, pp. 105 – 25.

Montalbán, Manuel Vásquez, "Ilustraciones de Nuria Pompeia", *Triunfo*, 30 Jan. 1971, http://vespito.net/mvm/gauche.html.

Mooney, Mark, "Spain's Stolen Babies: An Ugly Past on a Staggering Scale", *ABC News* 18 Oct. 2011, http://abcnews.go.com/blogs/headlines/2011/10/spains-stolen-babies-an-ugly-past-on-a-staggering-scale-2/.

Moreno, M. Barbero, "Niños y niñas invaden la santidad", *Revista mensual de la familia Carmelita* 1.302 (2005), http://escapulariodelcarmen.org/OLD/ninos.htm.

Moreno-Nuño, Carmen, *Las huellas de la guerra civil: mito y trauma en la narrativa de la España democrática*, Madrid: Libertarias, 2006.

Moret Messerli, Francisco, *Conmemoraciones y fechas de la España nacionalsindicalista*, Madrid: Vicesecretaría de Educación Popular, 1942.

Morodo, Raúl, *Acción española: orígenes ideológicos del franquismo*, Madrid: Tucar, 1980.

Morris, Bárbara, "Father Death and the Feminine: the Writer's 'subject' in Adelaida García Morales' *El Sur*", *Romance Languages-*

Annual, Vol. 1, 1989, pp. 559 – 64.

Motamen-Scobie, Homa, *The Spanish Economy in the 1990s*, London: Routledge, 1998.

Nimmo, Clare, "García Morales's and Erice's *El sur*: Viewpoint and Closure", *Romance Studies*, Vol. 26, No. 1, 1995, pp. 41 – 49.

Nock, Arthur Darby, *Conversion: The Old and the New in Religion from Alexander the Great to Augustine of Hippo*, Oxford: Oxford UP, 1972.

Nowell-Smith, Geoffrey, "Bicycle Thieves (1946)", in Jeffrey Geiger and R. L. Rutsky, eds. *Film Analysis: a Norton Reader*, New York: W. W. Norton, 2005, pp. 422 – 39.

O'Leary, Catherine, *The Theater of Antonio Buero Vallejo: Ideology, Politics and Censorship*, Woodbridge: Tamesis, 2005.

Oltra, Benjamín and De Miguel, Amando. Bonapartismo y catolicismo, "Una hipótesis sobre los orígenes ideológicos del franquismo", *Papers: revista de sociología*, Vol. 8, 1978, pp. 53 – 102.

Ordóñez, Elizabeth J, "Beyond the Father: Desire, Ambiguity, and Transgression in the Narrative of Adelaida García Morales", in *Voices of Their Own: Contemporary Spanish Narrative by Women*, Lewisburg: Bucknell UP, 1991, pp. 174 – 95.

Ortiz, Carmen, "The Use of Folklore by the Franco Regime", *Journal of American Folklore*, Vol. 112, No. 446, 1999, pp. 479 – 96.

Ortiz Muñoz, Luis, *Glorias imperiales, libro escolar de lecturas históricas*, Madrid: Editorial Magisterial español, 1941.

Ortiz-Ceberio, Cristina, "Dos miradas en un mismo paisaje: el tratamiento del lesbianism en *El mismo mar de todos los veranos y Con la miel en los labios* de Esther Tusquets", in Elizabeth Scarlett and Howard Wescott, eds. *ConvergenciasHispánicas: Selected Proceedings and Other Essays on Spanish and Latin American Literature, Film and Linguistics*, Newark: Juan de la Cuesta, 2001, pp. 57 – 68.

Otero, Luis, *Al paso alegre de la paz*, Barcelona: Plaza & Janés Editores, 1996.

Ortiz, Luis, and Antonio Cobos, *Glorias imperials: libro escolar de lecturas históricas*, Madrid: Magisterio Español, 1941.

Pan's Labyrinth, dir. Guillermo del Toro, Estudios Picasso, Tequila Gang, and Esperanto Filmoj, 2006.

Payne G., Stanley, *Spanish Catholicism: An Historical Overview*, S. I.: U of Wisconsin P, 1984.

Permartín, José, *¿Qué es lo nuevo? consideraciones sobre el momento español presente*, Sevella: Cultura Española, 1937.

Perrault, Charles, "Tom Thumb", in Maria Tatar, ed. *The Annotated Classic Fairy Tales*, New York: Norton, 2002, pp. 253 – 68.

Philippon, Alain, "Enfance à contre-jour", *Le blanc des origines: écrits de cinéma*, Crisnée: YellowNow, 2002, pp. 176 – 81.

Piquer y Jover, José, *El niño abandonado y delincuente: consideración etiológica y estadística*, Madrid: Consejo Superior de Investigaciones Científicas, 1946.

Pita, Elena, Interview, "Antonio álvarez", *El Mundo* 5 Feb. 2009, http:/elmundo.es/magazine/num112/textos/entrevista.html.

Plett, Heinrich F, ed. *Intertextuality*, Berlin: de Gruyter, 1991.

- - - . "Intertextuality", Plett 3 – 29. Müller, Wolfgang G, "Interfigurality: A Study on the Interdependence of Library Figures", Plett 101 – 21.

Pope Pío XI, *DiviniRedemptoris*, 19 Mar. 1937, http: //www. vatican. va/holy_ father/pius_ xi/encyclicals/documents/hf_ p-xi_ enc_ 19031937_ divini-redemptoris_ en. html.

Powell, Charles, *España en democracia*, 1975 – 2000, Barcelona: Plaza & Janés Editores, 2001.

Preston, Paul, *Spain in Crisis: Evolution and Decline of the Franco Regime*, New York: Barnes and Noble Books, 1976.

- - - . *The Spanish Civil War: Reaction, Revolution and Revenge*, New York: W. W. Norton& Co, 2007.

- - - . *The Spanish Holocaust: Inquisition and Extermination in Twentieth-Century Spain*, New York: W. W. Norton & Co, 2012.

Pulgarcito, dir. René Cardona, Clasa Films Mundiales, 1957.

Pym, John, "In the World: *El sur* (the South)", in Linda C. Ehrlich, ed. *The Cinema of Víctor Erice: an Open Window*, Plymouth, UK: Scarecrow Press, 2007, pp. 309 – 12.

Re, Lucia, *Calvino and the Age of Neorealism: Fables of Estrangement*, Stanford, CA. : Stanford UP, 1990.

Resina, Joan Ramón, ed. *Disremembering the Dictatorship: the Politics of Memory in the Spanish Transition to* Democracy, Amsterdam: Rodopi, 2000.

Richards, Michael, *A Time of Silence: Civil War and the Culture of Re-*

pression in Franco's Spain, 1936 – 1945, New York: Cambridge UP, 1998.

- - - . "From War Culture to Civil Society: Francoism, Social Change and Memories of the Spanish Civil War", *History & Memory*, Vol. 14, No. 1/2, 2002, pp. 93 – 120.

Rodríguez Álvarez, Ángel, *Rayas*, Plasencia: Edit. Sánchez Rodrigo, 1951.

Rosa, Camacho I, *Otra maldita novela sobre La Guerra Civil!: lectura crítica de "La malamemoria"*, Barcelona: SeixBarral, 2007.

Rose, Nikolas S, *Governing the Soul: The Shaping of the Private Self*, London: Free Association Books, 1999.

Sacks, Peter M., "Interpreting the Genre: the Elegy and the Work of Mourning", *The English Elegy: Studies in the Genre from Spenser to Yeats*, Baltimore: Johns Hopkins Press, 1985, pp. 1 – 38.

Salaverri, José M., *Tal Vez Me Hable Dios: Faustino Pérez-Manglano*, Madrid: SM, 1986.

Sánchez, Pedro Poyato, "Del hipotexto literario al hipertexto fílmico: El sur (Adelaida García Morales y Víctor Erice)", *Pandora: Revue D'etudes Hispaniques*, Vol. 3, No. 1, 2003, pp. 145 – 58.

Santos, Antonio, "Piedras vivas, almas muertsa. Al otro lado del mapa: El sur", *Trasdós. Revista del Museo de Bellas Artes de Santander*, Vol, 3, 2001, pp. 182 – 98.

Schauffler, F. Marina, *Turning to Earth: Stories of Ecological Conversion*, Virginia: U of Virginia P, 2003.

Schlegel, Friedrich, *Philosophical Fragments*, Minneapolis: U of Minnesota P, 1991.

Scholem, Gershom, "Walter Benjamin and His Angel", in Gary Smith, ed. *On Walter Benjamin: Critical Essays and Recollections*, Cambridge: MIT Press, 1988, pp. 53 – 54.

Schrijver, F J, *Regionalism After Regionalisation: Spain, France and the United Kingdom*, Amsterdam: Amsterdam University Press, 2006.

Scott, Joan, "The Evidence of Experience", *Critical Inquiry*, Vol. 17, No. 4, 1991, pp. 773 – 97.

Scribner, Charles, "Celestial Eyes or from Metamorphosis to Masterpiece", in Matthew Joseph Bruccoli, ed. *F. Scott Fitzgerald's The Great Gatsby: A Literary Reference*, New York: Carroll & Graf Publishers, 2000, pp. 160 – 68.

Serrano de Haro, Agustín, *Cristo es la verdad*, Madrid: Escuela Española, 1940.

– – –. *Guirnaldas de la Historia*, Madrid: Escuela Española, 1947.

– – –. *Yo soy español: el libro de primer grado de Historia*, Madrid: Escuela Española, 1943.

Sevilla Guzmán, Eduardo, Manuel Pérez Yruela, and Salvador Giner, "Despotismo moderno y dominación de clase. Para una sociología del régimen franquista", *Papers: revista de sociología*, Vol. 8, 1978, pp. 103 – 41.

Sierra, Blas V, *Palabras Huérfanas: Los Niños Y La Guerra Civil*, Madrid: Taurus, 2009.

Sinyard, Neil, *Children in the Movies*, New York: St. Martin's Press, 1992.

Six, Abigail Lee, "*El Sur*, *Seguido de Bene* (1985) and Oscar Wilde, *The Picture of Dorian Gray* (1980/1981): Physical and Moral Decay", in *The Gothic fiction of Adelaida García Morales: haunting words*, Rochester: Tamesis, 2006, pp. 7 - 26.

Sklodowska, Elzbieta, *La parodia en la novela hispanoamericana* (1960 - 1985), Amsterdam, Netherlands: John Benjamins Publishing Company, 1991.

Smith, Paul, *Discerning the Subject*, Minneapolis: U of Minnesota P, 1988.

Smith, Sidonie & Julia Watson, *Reading Autobiography: a Guide for Interpreting Life Narratives*, Minneapolis: U of Minnesota P, 2001.

Sopeña Monsalve, Andrés, *El florido pensil: memoria de la escuela nacionalcatólica*, Barcelona: Grupo Grijalbo-Mondadori, 1994.

- - -. "Re: documentación sobre Florido Pensil", Message to Miaowei Weng, 10 Jan. 2010, E-mail.

Sordo, Enrique, "Reseña de *Memorias de un niño de derechas*", *La estafeta literaria*, Vol. 499, 1972, p. 1060.

Steinberg, Samuel, "Franco's Kids: Geopolitics and Postdictatorship in ¿*Quiénpuede matar a un niño?*" *Journal of Spanish Cultural Studies*, Vol. 2, No. 1, 2006, pp. 23 - 36.

Suleiman, Susan Rubin, *Crises of Memory and the Second World War*, Cambridge, Mass: Harvard UP, 2006.

Sullivan, Harry Stack, *The Interpersonal Theory of Psychiatry*, New York: W. W. Norton & Company, 1953.

Tapia, Juan Luis, "*El florido pensil*", *Ajoblanco*, Jan. 1995, p. 17.

Teixidor, Emili, *Pan Negro*, Barcelona: Seix Barral, 2004.

The Devil's Backbone, dir. Guillermo del Toro, Spain, Mexico: El Deseo S. A. , Tequila Gang, and Anhelo Producciones, 2001.

Torres, Maruja, "El país de ayer", *El País*, 5 Jan. 1995, p. 4.

Torres, Rafael, "El yermo inhabitable: una obra que recuerda la escuela y la infancia en la etapa franquista", *El Mundo*, 5 Nov. 1994, C4.

Trapiello, Andrés, *Las armas y las letras: literatura y guerra civil (1936 – 1939)*, Barcelona: Planeta, 1994.

Tsuchiya, Akiko, "Family Plots and Romances: Discourses of Desire in Adelaida García Morales's Narrative Fiction", *Bulletin of Hispanic Studies*, Vol. 76, No. 1, 1999, pp. 91 – 108.

Tuñón de Lara, Manuel, *Ideología y sociedad en la España contemporánea. Por un análisis del Franquismo*, Madrid: Edicusa, 1977.

Tusell, Javier, *Spain: From Dictatorship to Democracy: 1939 to the present*, Oxford: Blackwell Pub. , 2007.

Tusquets, Esther, *Con la miel en los labios*, Barcelona: Editorial Anagrama, 1997.

– – –. *El amor es un juego solitario*, Barcelona: Lumen, 1979.

– – –. *El mismo mar de todos los veranos*, Barcelona: Lumen, 1978.

– – –. *En el mar de todos los veranos*, Barcelona: Lumen, 1978.

– – –. *Habíamos ganado la guerra*, Ediciones B, S. A, 2007.

– – –. *Para no volver*, Barcelona: Lumen, 1985.

– – –. *Siete miradas en un mismo paisaje*, Barcelona: Lumen, 1981.

Umbral, Francisco, *Memorias de un niño de derechas*, Barcelona: Ediciones Destino, 1972.

Vázquez Montalbán, Manuel, *Galíndez*, New York: Atheneum, 1992.

Vidal, César, *Historia de España*, Barcelona: Editorial Planeta, S. A. , 2008.

Vilarós, Teresa, *El mono del desencanto: una crítica cultural de la transición Española* (1973 – 1993), Madrid: Siglo XXI, 1998.

Villamandos, Alberto, "Las trampas de la nostalgia: la *gauche divine* de Barcelona en su producción literaria", *Revista de Estudios Hispánicos*, Vol. 42, No. 3, 2008, pp. 459 – 82.

Villanueva, Darío, "Realidad y ficción: la paradoja de la autobiografía", in José Romera Castillo, ed. *Escritura autobiográfica: Actas del II seminario internacional del instituto de semiótica literaria y teatral*, Madrid: Visor Libros, 1993, pp. 15 – 31.

Vinyes, Ricard, *Irredentas: las presas políticas y sus hijos en las cárceles de Franco*, Madrid: Temas de Hoy, 2002.

Waller, Marguerite R, "Decolonizing the Screen: From *Ladri di biciclette* to *Ladri di saponette*", in Beverly Allen and Mary Russo, eds. *Revisioning Italy: National Identity and Global Culture*, Minneapolis: U of Minnesota P, 1997, pp. 253 – 74.

Winnicott, Donald Woods, *Playing and Reality*, New York: Basic Books, 1971.

Wolin, Richard, *Walter Benjamin, an Aesthetic of Redemption*, New York: Columbia UP, 1982.

Woolls, Daniel, "Spain Urged to Probe Alleged Baby Trafficking", *The Boston Globe* 27 Jan. 2011, http://boston.com/news/world/

europe/articles/2011/01/27/spain_ urged_ to_ probe_ alleged_ baby_ trafficking/.

Worell, Judith & Carol D. Goodheart, *Handbook of Girls' and Women's Psychological Health*, New York: Oxford UP, 2006.

Worton, Michael, and Judith Still, *Intertextuality: Theories and Practices*, Manchester: Manchester UP, 1990.

Yoldi, José, "Garzón insta a siete juzgados a investigar los 'niños robados' del franquismo", *El País*, 8 Jan. 2009, http://elpais.com/articulo/espana/Garzon/insta/juzgados/investigar/ninos/robados/franquismo/elpepiesp/20090108elpepinac_ 4/Tes.